도라지맛역

①

도라산역. 1 / 신용우 지음. -- 서울 : 산수야, 2007
248p. : 21cm.

ISBN 978 – 89 – 8097 – 161 – 9 04810 : ₩8000
ISBN 978 – 89 – 8097 – 160 – 2 (세트)

813.6 – KDC4
895.734 – DDC21   CIP2007000726

도가서역

①

신용우 지음

산수야

도가천역 ❶

초판 1쇄 인쇄 | 2007년 3월 15일
초판 1쇄 발행 | 2007년 3월 20일

지은이 | 신용우
발행인 | 권윤삼
발행처 | 도서출판 산수야

등록번호 | 제 1-1515호
등록일자 | 1993년 4월 30일
주소 | 서울시 마포구 망원동 472-19호
우편번호 | 121-826
전화 | (02)332-9655
팩스 | (02)335-0674

값 8,000원
ISBN 978-89-8097-161-9 04810
ISBN 978-89-8097-160-2 (전2권)

산수야의 책은 독자가 만듭니다.
독자 여러분들의 소중한 의견을 기다립니다.

도라산역
(都羅山驛)

　신라 경순왕이 고려에 항복한 후 산마루에 올라가 패망한 신라의 수도 서라벌을 바라보며 한없이 눈물을 흘렸다하여 도라(都羅)라고 명명되었다는 이 산.

　지금은 갈 수 없는 북녘 땅을 바라보며 수많은 이들이 눈물 흘리는 전망대가 마련된 이 곳. 분단 조국의 남녘으로부터 최북단 역.

　통일을 염원하며 크게 운행할 일도 없는 이곳에 역을 만들었는데 하필 분단 조국의 아픔만큼이나 경순왕이 울었던 도라산인가?

　아직은 상행선 표를 팔지 않는 그 곳에서, 지금은 경순왕이 고개 숙여 목놓아 울던 모습 대신에 꼿꼿한 자세로 근무하던 헌병이 목이라도 풀려는 듯 발아래 땅을 굽어보던 그 모습이 통일을 염원하는 기도로 보였던 까닭은 왜일까?

차 례

원(圓)의 논리

　　우리는 원이라는 도형에 대하여 자주 이야기하곤 한다. 수학은 물론이고 철학이나 문학, 심지어 종교도 원을 이용한 이야기와 공식은 이루 헤아릴 수 없을 뿐만 아니라 하루에도 몇 번씩 입에 오르내리기 때문에 우리는 원에 대해서 아주 잘 안다고 생각한다.

　　그러나 우리는 작든 크든 원에 대해서 잘 아는 듯 이야기하면서도 실제로는 그 넓이조차 제대로 측정하지 못한다. 그저 알고 있는 것이라고는 원의 넓이는 반지름을 두 번 곱하고 거기에 3.14로 시작되어 그 끝이 없는, 그래서 파이(π)라고 부르는 숫자의 앞부분 3.14만 곱해서 그 값을 구한다는 것만 알고 있다.

　　파이라는 숫자가 3.141592.....로 이어져 8,388,608자리까지 가도 끝이 나지 않고 이어져 가는 무리수이다 보니, 우리는 정확한 원의 넓이는 한 번도 구해보지 못한 채 근사치만 구해 놓고는 그것이 원의 넓이라고 단정짓는 오류를 자주 범하곤 한다. 마찬가지로 우리는 원 둘레의 길이조차 지름에 3.14를 곱해서 구하므로 정확히 구하지 못한다.

뿐만 아니라 우리는 원을 이야기하면서도 그 테두리의 시작과 끝조차 알지 못한다. 설령 시작과 끝이 뒤바뀌는 경우가 있더라도 어디가 시작이고 어디가 끝인지를 어림으로나마 알아낼 방법조차 없다. 예서 시작하면 될 것 같아 한 바퀴를 돌아도, 또 한 바퀴를 돌아도 끊임없이 같은 테두리만 반복해서 다가올 뿐, 멈출 곳 없이 이어지는 까닭이다.

우리가 가장 많이 이야기하고 그래서 가장 잘 아는 것 같은 도형인 원. 그러나 우리는 그 원에 대해서 실상은 아는 것도 알아낸 것도 하나 없이 그 테두리만 따라서 돌 뿐, 그 이상도 그 이하도 아는 것이 없는 원이라는 그 자체만을 이야기할 뿐이다.

그래서 종교와 철학에서는 가끔 원의 개념을 이용해 시작과 마침을 제대로 알지 못하고 넓이도 둘레도 알지 못하듯이 자신의 오늘과 내일도 알지 못하는 인생에 비유하는가 하면, 둥글둥글 사는 것이 가장 좋은 삶이라고 이야기하는 정도로 원의 가치를 마무리 짓는 것이다.

우리는 그 마무리의 자락에 하나를 더 보탠다.

뫼비우스의 띠.

뫼비우스의 띠 역시 상상 속에 원으로 띠를 만들어 놓고는 아무리 이쪽을 돌아도 그 반대편, 사실은 지금 내가 딛고 있는 그 바닥에 불과하지 않은 저 쪽은 볼 수도 알 수도 없는 곳이라고 스스로를 달래며 합리화 시키는 선에서 그 원리를 매듭짓고는, 그래서 인생은 뫼비우스의 띠와 같은 것이라고 스스로를 위안할 뿐 더 이상은 아무런 접근도 못하는 것이다.

마찬가지로 우리는 역사를 소리 없이 흐르는 것이라고 하면서 반복되는 것이라고 한다. 역사가 조용히 흐르는 것은 강물에 비유하면서도 그 흐름의 종착역은 바다가 아니라 마치 원의 테두리를 돌듯이 그 시작점을 향해가고 또 출발을 반복한다는 뜻도 되겠지만, 그 말 뜻의 한쪽 귀퉁이에는 우리가 역사를 수 없이 연구해도 기실 지나간 역사의 한 자락도 아는 것이 없을 뿐만 아니라 역사의 내일도 전혀 알 수 없다는 뜻도 될 것이다.

역사를 원에 비교하는 것 자체가 어쩌면 뫼비우스의 띠와 같아서 지금은 이러하지만 내일은 알 수 없는 것임은 물론, 심지어는 과거의 역사가 왜 그러했는지 조차 알 수 없는 나약함을 뫼비우스의 띠라는 단어를 도용해 자기 합리화로 마무리 짓는 수단으로 사용하기 위한 것인지도 모를 일이다.

1

아침의 신문사는 분주함으로 시작해서 떠드는 소리에 전화벨 소리까지 새벽시장의 소란은 저리 가라할 정도의 번잡함으로 가득 찬다.

"씨벌, 또 빼버렸네. 그래 느그들 끼리 입맛 맞는 기사 쳐 대놓고 높은 놈들 눈에 잘 들어서 출세하거라. 고지랄 했다가 빵 가는 놈이 한 둘이냐?"

자신이 심혈을 기울여 취재한 기사가 데스크 입맛에 맞지 않아 빠져버린 중견 기자의 투덜거림은 가시가 박힐 대로 박혀있고, 시대에 가슴 아파하는 주절이는 한탄 섞인 소리와 함께,

"이거 정말 못 참겠네. 왜 매번 자르구 지랄이야. 내려면 제대로 내든지, 껍데기만 빠꼼히 들이밀고는 알맹이는 또 누가 삼킨 거야?"

자기가 쓴 대로 기사가 실리지 않고 부분 부분이 잘리거나 수정된

것에 누군가가 터뜨리는 불만에,

"가서 항의해. 여기서 그러지 말고…."

누군가 맞장구를 쳐주면,

"따지면 뭘 해? 지면 관계상 그랬다는 변명만 한 번 더 들을 뿐이지. 언제 높은 곳에서 자기들 눈에 거슬리는 기사라 걸러 실었다는 얘기 들어 본 적 있나?"

그럴라 치면,

"그래도 자기는 껍데기라도 실렸네. 난 벌써 며칠째 껍데기는커녕 그림자도 못 올린다. 이러다가 집에 가서 애 보라고 안 할까 모르지. 주간부나 월간부로 쫓겨가지 않을라나 몰라?"

신문사의 아침 풍경은 농산물이나 수산물의 새벽 경매 시장의 모습을 떠올리게 한다. 도매로 물건을 넘기고 나서는 해장국 집에 모여 앉아 그 날의 경매 응찰부터 물건을 넘기기까지 숨 막히듯 빠듯한 시간들을 얘기하며 일과를 마무리하는 중, 오늘 장사를 반성하고 또 내일 장사를 준비하기 위하여 서로의 경험을 나눔으로써 잘못된 것은 반복하지 않겠다는 상인의 다짐과 똑 같은 것이 있다면 바로 그 진지한 표정들이다.

반면에 다른 것이 있다면 상인들은 잘되든 못되든 자신이 선택해서 스스로 마무리하는 것이고, 기자들은 자신이 선택해서 스스로 쓰지만 마무리는 데스크에서 하는 것이니 자신의 잘못을 인정하기가 쉽지 않다는 것이다.

돈과 진실

최성종 기자는 매일 겪는 이 번잡함을 이제는 차라리 즐기는 여유 정도는 생겼다.

목소리만 듣고도,

'아, 저것은 누구.'

라고 생각하면 대충 그가 얘기할 뒷말까지 알아맞힐 정도는 된다. 저건 원래 기사가 장황해서 자주 요약돼서 실리는 누구. 또 쓸데없는 작은 일을 마치 큰 특종인양 떠벌려서 써놓고는 잘렸다고 투덜거리는 누구. 저건 정말 뼈있는 글을 써서 기사가 죽어버린 누구.

그런 생각들과 함께 하루를 정리하는데 전화가 울렸다.

"중앙신문 최성종입니다."

여느 때처럼 전화를 받았는데 상대방 음성이 낯익었다.

"나 편집장인데 최 기자, 사장님 방으로 좀 오지."

"예?"

순간 최성종은 사장님 방이라는 소리에 놀라 '예?'라고 반문했지만 얼른,

"예, 알겠습니다."

라고 말을 고치고는 사장실로 향했다.

사장실을 들어서자 사장과 이사, 그리고 편집장과 보도국 정치부장, 사회부장이 함께 있었다.

"앉지."

사장이 권하는 자리에 최성종이 앉자,

"본인의 의사는 묻지도 않고 우리끼리 결정한 일이라고 섭섭해 하지 말게나. 자네도 모레 북쪽 모란장 호텔에서 남북철도개통 실무 회담이 열리는 것은 알고 있지? 그래서 취재할 기자를 우리 신문사 에서 한 명 보내게 되어 있는데 열흘 전에 자네를 추천해서 명단에 넣었더니 방금 통일부에서 좋다는 연락이 왔어. 그쪽에서도 북으로 명단을 보내고 어제 OK 통보를 받은 것 같아.

자네는 입사 때부터 목적이 있어서 중국 유학도 하고, 몇 번 북에 취재도 다녀왔으니 무난하다 싶어서 추천한 걸세. 예전이나 요즘이 나 북쪽 취재를 서로 가려고 해서 이번에는 소리 없이 우리끼리 정 했네. 원래 이번 회담이 중요한 까닭에 베테랑 기자도 필요하고 해 서 말이야."

편집장이 자리에 앉은 최성종에게 할 이야기를 끝내자,

"무리는 없겠지?"

사장이 물었다.

최성종은,

"그럼요, 저는 오히려 감사할 뿐입니다. 다만 후배들에게 좋은 기 회를 나누어주지 않고 저 혼자 자꾸 차지하는 것 같아 송구할 뿐이 죠."

그러자 정치부장이 말을 받아,

"여기 사회부장님께도 감사하게나. 이번 일을 사회부가 맡느냐 정치부가 맡느냐 하다가 정치부가 맡는다면 나는 자네를 추천한다니까 사회부장께서 두 말도 않고 최성종이라면 정치부에 양보한다고 하시더라고."

그 말은 정말 사회부장에게 감사하라는 말도 되지만 너를 추천한 것은 바로 나라는 자기 과시도 겸한 것임을 아는 최성종은,

"두 분 부장님은 물론 모든 분들께 이런 영광을 주심에 감사드립니다."

하고 꾸뻑 절을 하였다.

"그렇게 고마우면 최 기자! 이번에는 단순한 취재가 아니라 특종 하나 엮어오게. 다른 신문은 꿈도 못 꾸는 특종 하나."

사회부장이 진심 가득한 어깨 두드림과 함께 말을 맺었다.

자리에 돌아온 최성종은 첫 방북 취재도 아닌데 예전과는 다른 기분이 들기 시작했다. 최성종은 자신의 사물함으로 다가가 무언가를 찾기 시작했다. 조금은 시간이 지난 듯한 원고 뭉치를 찾아든 최성종은 흡연실로 가서 연신 담배를 바꿔 물며 읽었다.

2

〈1968년 1월 21일.

우리가 흔히 1.21사태라고 부르는 사건을 떠올리게 하는 이 날은 그 시대를 살았던 한반도의 모든 백성들이 기억하고 있다.

이 사건을 정확히는 못써도 최 근사치로 쓰자면 '경기도 유격 사령부' 라는 견장을 달고 1968년 1월 17일 북쪽 124군부대에서 무장 공비 31명이 청와대를 습격하여 대통령을 시해하기 위해 출발한 것이다.

그들은 거칠 것 없이 남으로 내려오다가, 1월 20일 밤 10시에 세검정 자하문 초소에서 경찰의 검문에 걸려 정체가 탄로 났다. 그러자 그들은 당시 종로 경찰서장이던 최규식 총경을 순직하게 할 정도의 대 교전을 벌이고는 청와대 뒷산으로 숨어들었다.

어쩌면 전쟁이라고 보아도 지나치지 않은 이 사건에, 우리나라가

도라진역 /

군사작전 통제권을 갖지 못하고 있다는 것은 차지하고라도 우리 힘으로 대응하기에는 역부족이라는 것을 알고 있던 터라 즉시 대응하지 못하고 한미연합사의 원인 분석과 대응방안을 위한 논의를 거친 끝에 적들이 숨을 대로 숨어버리고 난 1월 21일에야 군경 합동으로 대대적인 소탕 작전을 벌인 연유로 1.21사태로 명명된 사건이다.

우리는 이 사건을 기억하면서 다시 한 번 생각해야 할 몇 가지 중요한 것들이 있다. 당시 124군부대로 명칭 되던 북한의 살인 테러 집단의 31명 정예 특수 요원들이 경기도 연천의 군사 분계선 철조망을 넘어 자하문, 그러니까 이 나라 모든 백성의 살림을 책임지고 있는 대통령이 살고 있는 청와대 바로 코밑에 다다르도록 아무도 그들을 제재하기는커녕 오히려 특수 부대원이라 생각하고, 의심하기보다는 부러워했던 그 사실에 무엇보다 주목하며 우리가 반성해야 할 몇 가지를 짚어보자.

첫째는 그 당시의 모든 교육기관과 단체에서 반공교육을 시켰고, 또 북한 괴뢰도당은 빨갱이요 살인 집단이라고 가르쳤지만, 그 가르침이 실제를 근거로하여 사실적으로 가르치기 보다는 마치 빨갱이는 생긴 것부터가 우리와는 무언가 달라서 살인마의 냄새, 아니 적어도 침략자의 흉포함이 드러나 주어야 하는데 그게 아니라 우리와 똑같이 생겼으니 실체 규명이 어려웠던 것이다.

또 주지해야 할 두 번째 사실은 그들이 〈경기도 유격 사령부〉라는 견장 하나로 특수부대 요원으로 묵인됐다는 사실이다. 이것은 당시 군부가 얼마나 관(官)과 민(民)을 억눌러 만인지하의 위치에 있었나를 잘 알도록 해주는 것이다.

5.16군사 쿠데타로 정권을 잡은 박정희는 이렇다 할 정치적 지지 기반이 없었다. 그는 오로지 군부의 총과 칼의 힘으로 권좌에 앉아 이 나라를 다스린다는 생각으로 백성들을 지배했다. 그러다보니 군이 조국의 안보를 위해 존재하기도 하지만, 백성을 통치하기 위한 수단에도 적극 사용되었던 것이다. 그가 이와 같은 사고방식의 소유자였다는 것을 안다면 그 이유는 쉽게 풀릴 것이다.

당시 일반군은 물론이요, 더더욱 특수 목적의 특수부대를 비방하거나 군의 일에 대해서 이러쿵저러쿵 한다는 것은 바로 빨갱이적인 사고방식을 가진 자로 치부되어 온갖 못된 꼴을 당해야 했다. 그런 까닭에 아무도 군의 정책이나 행위, 혹은 그 자체에 잘못된 것이 있어도 말을 할 수 없었다. 이렇게 군에 대해서는 아무런 평가나 조언도 할 수 없게 만든 이 정책은 10월 유신이라는 역사 앞에 부끄러운 사건을 만들어 내었다.

뿐만 아니라 박정희는 자신이 만들어 놓은 친위대 중 한 사람이 자신을 저격할 수 있을 정도의 막강한 권력을 갖게 하였다. 결국 역사가 수레바퀴처럼 돌고 있다는 것을 보여주기라도 하듯이, 아니면 삶이라는 것이 선이든 악이든 부메랑처럼 자신에게 되돌아온다는 것을 보여주기라도 하듯이 그는 자신이 쥐어 준 그 막강한 권력이 자신에게 한 발의 총성으로 되돌아와 자살제로 작용할 것이라는 것을 알지 못한 채, 아니 그 원리를 깨닫지 못한 채 특수부대에게 막강한 힘을 쥐어주었던 것이다.

　뿐만 아니라 같은 군 내부에서도 특수부대라는 존재가 어떤 위치에서 어떤 권력을 흔들었나를 미루어 짐작해 볼 수 있다. '경기도 유격 사령부' 라는 견장 하나로 수도 서울의 심장인 청와대 바로 턱 밑 자하문까지 거침없이 올 수 있었던 것만 보아도 이름 하나로 그 존재가치의 선을 뚜렷이 그을 수 있었던 것이다.

　셋째로 우리가 주목해야 할 사실은 대대적인 소탕 작전을 시작하여 청와대 바로 뒷산에서 총격전이 벌어진 1월 23일에 북은 미군 소유의 푸에블로호를 원산 앞바다 공해상에서 83명의 승무원을 태운 채 피랍하였다는 사실이다. 이 사건이 나자마자 미국은 전면전도 불사하는 보복을 감행하겠다며 항공모함 엔터프라이즈호와 제7함대의 구축함 두 대를 출동시켜 거세게 몰아붙였다.

　우방이요 영원한 맹방이라던 대한민국의 청와대를 노린 기습에는 아주 유감이라며, 조금은 소극적이던 미국이 자국 푸에블로호의 납치 앞에서는 목소리를 드높이며 기세 좋게 나왔던 것이다. 그러나 그것은 쇼를 겸한 엄포였을 뿐이었다.

　그 해 12월 23일.

　미국이 북의 영해를 침범했기 때문에 납치사건이 났다는 북한의 주장에 굴복했다. 푸에블로호가 북의 영해를 침범했기 때문에 북이

나포했다고 시인하는 문서에 서명을 해주고 나서야 승무원 82명과 유해 1구를 인수하는 데 그쳤다.

이것은 한반도의 평화를 위해 주둔한다는 미군이 자국의 병사를 인질로 억류하고 있는 북한에게 어떠한 행동을 보일 수 있는가를 극적으로 보여준 사건이었다.

청와대가 살인 특공대로부터 위협받고 있는 그 상황에서 푸에블로호가 피랍 되어 있음에도 불구하고 미국은 엄포와 과시용 작전만을 했지, 실전도 불사하겠다며 나섰던 것과는 달리 대한민국을 위해서 어떤 행동을 취하기보다는 영해 침공을 시인하는 문서에 서명함으로써 자국 승무원만 송환하면 그만이라는 차선을 택한 것이다.

즉, 미국은 자국 병사들이 북에 억류되어 있는 상황에서 그들을 희생시키는 한이 있더라도 대한민국의 평화와 안전을 위해 무언가 기여해야 한다는 생각보다는 억류되어 있는 자국 병사를 구하는 것이 중요했던 것이다. 그렇게 함으로써 자국의 여론도 안정시키고 당시 정권의 지지율을 높이는 것이 중요했지 평소 입으로 떠들던 대로 한반도의 평화와 안정은 그 다음 순서였던 것이다.

물론 당시 북의 정권들도 124부대의 청와대 침투가 성공할 것이라 생각하고 계획했으나, 실패로 드러나자 미국을 의식했을 것이다. 따라서 미국이 적극적으로 나오지 못하도록 푸에블로호를 납치해서 억류함으로써 미국의 적극적인 군사 대응에 대한 방패로 삼아야 한다는 계획을 그 후에 긴급하게 세웠을 것이다. 하지만 이때 미국이 보여준 태도는 선 미군병사, 후 한반도 평화라는 선명한 줄긋기로 사천만 이 나라 동포의 안전보다는 팔십 여명의 자국 병사 목숨이 더 중요하다는 것을 단적으로 표현했다.

하기야 이것은 6.25동란 당시 중공군이 개입하자 중국 본토 공격을 감행하자고 주장하던 더글러스 맥아더 장군을 해임하고, 그 정도에서 전쟁을 마무리하여 한반도야 둘로 쪼개지든 말든 자국 병사들의 희생을 줄이고 이익을 챙길 수 있는 선에서 마무리 지었던 종전 협상에서 짐작할 수 있는 일이기도 하다. 그들이 진정으로 원하는 것은 한반도의 평화와 통일보다는 긴장을 적당히 유지하여 자기들의 영향력을 한반도 깊숙이 자리 잡게 하는 것이 더 중요했던 것이다.

미국은 한반도가 공산화되어 통일되면 한반도를 송두리째 잃게 되며 자신의 힘도 소멸된다. 그렇다고 한반도가 민주 통일이 되면 송두리째 자기 손에 들어 올 것 같아도 긴장을 핑계로 지배해오던 자신들의 영향력이 사라지게 되어 오히려 송두리째 잃어버리는 결과가 될 것이다. 그러므로 미국은 한반도가 반으로 쪼개져 피투성이가 된 지금의 모습이 좋았던 것이다.

마지막으로 주목해야 할 사실이 있다. 그것은 1.21사태 당시 총 31명이 남파되어 27명이 사살되고 김신조라는 테러리스트만 생포, 3

명은 끝내 체포하지 못했다는 것이다. 남은 세 명이 북으로 귀환을 했느니, 굶어 죽었거나 얼어 죽었는데 사체를 못 찾았느니 하면서 말만 무성한 채 1월 31일 사건을 부랴부랴 자의 반 타의 반으로 마무리 지었다.

즉, 미해결 사건으로 남을 경우 국방부와 군이 정부의 수뇌부에서 받을 수 있는 질책과 군 내부에서의 책임 소재를 논하는 역학관계의 파워게임도 잠재우고 국민의 따가운 시선도 잠재우려는 자의 반, 미국이 동맹국이요 우방으로서 이 사건을 해결하기 위하여 얼마나 열정적이었나? 사건을 해결하려고 하기는커녕 피랍되어 있는 푸에블로호 선원들 구하는 일에만 열중해서 납북선원 인도 받고는 땅 친 것 아니냐? 이래서야 어떻게 미국을 믿고 우리가 살 수 있다는 말인가? 우리도 탈 미국은 못하더라도 적어도 자주국방이라는 티라도 내봐야 하는 것 아니냐는 국민들의 수군거림으로 인한 여론의 악화로부터 벗어나기 위한 미국의 압력인 타의 반으로 종결되었다.

그런데 남쪽에서는 그렇게 부랴부랴 종결짓기에 바빴던 틈바구니에서 살아남아 북으로 귀환한 박재경이라는 테러리스트는 훗날 대장이라는 아주 높은 계급까지 진급하였다.

우리나라에도 북파 했던 공작원이 있고, 그 공작원들은 무슨 이유에서인지는 모르겠으나 군번 없는 군인으로 평생을 살아야 했다. 그러나 북에서는 남파되어 어느 정도의 공을 세우고 나면 영웅 대접을 한다. 이것은 박재경이 1.21사태에서 살아 돌아가 대장으로 진급한 사실에서 잘 보여주고 있으며, 또한 아주 중요한 사실이다.

왜냐하면 1.21사태를 겪고 난 후 우리 정부는 당시 중앙정보부장이던 김형욱의 주도아래 124부대에 걸 맞는 부대를 만들어 김일성 궁을 폭파한다는 목적으로, 684부대를 북파 경험이 있는 예비역 공군 소위를 비롯한 31명으로 창설하여 실제 상당한 고도의 훈련을 시켜 정예 부대로 만들었다. 하지만 중앙정보부장이던 이후락의 필요 없다는 말 한마디로, 서울 한복판 대방동에서 수많은 백성들과 함께 죽어 갔거나, 형장의 이슬로 사라지는 사건이 일어났던 것만 보아도 알 수 있다.

북은 남에서 테러나 첩보를 수집하면 영웅이 된다. 하지만 남은 필요할 때 키워서 쓰고 나면 평생 감시 속에 살게 하거나 아니면 제거해 버리는, 조국의 안보와 평화를 위해서라는 명목으로 소모품으로 전락시켜 버리는 것이다. 비록 보안상 이유라는 특수한 까닭이 있다고는 하지만, 온 국민의 이름으로 대접받아도 시원찮을 사람들을 하나의 도구처럼 써 온 것이다.

작금의 HID 출신들의 광화문 농성 현장은 우리 역사의 현장이다. 그냥 지나칠 일이 아니다. 우리는 역사 앞에서라도 겸손해야 할 필요가 있다. 그 겸손은 말로는 할 수 없는 것이다. 실체를 인정하고 그 실체 뒤에서 사라져 갔거나 아직 사라지지는 않았어도 숨겨져 있는 사람들이 제 자리에 떳떳이 설 수 있도록 해 주는 것이 그 겸손의 시작이다.

북에서처럼 영웅 대접까지는 못 해줄지라도 적어도 살아 있는 실체가 국익에 위배된다고 해서 가리려 애를 쓴다고 없어질 수 있는가? 아니, 없어지지 않더라도 영원히 가릴 수 있다는 말인가?

가리려고 애를 쓰다가 그 가리려는 실체가 앞을 막고 있는 막에 실루엣으로 비치거나 아니면, 그 가리개 한편으로 모습을 들추어내기 시작한다면 걷잡을 수 없는 폭로와 반항이 시작될 것이요, 어쩌면 그 폭로와 반항은 작금의 모습처럼 걷잡을 수 없는 형태로 번지고 있으리라.

그러나 작금의 사태는 실체를 가려 숨긴다거나, 가려지지 않고 보여주는 그런 단순한 문제 이상의 심각한 문제를 안고 있다. 조국을 위해서라는 같은 명분으로 임무를 수행한 후, 북에서는 영웅으로 대접하는데 남에서는 어둠의 그늘 밑에 가두거나, 조금만 양지로 나서려고 하면 제거해 버리는 행태가 국민 모두에게 인식된다면 누가 조국을 위해 목숨 걸고 나설 것인가?

또 그런 인식이 국민들의 의식 속에 깊숙이 자리한다면, 훗날 남과 북이 극한의 대치 상황을 맞을 수 있다고 가정할 때, 과연 어떤 결과로 작용할 것인가? 남쪽이 화력은 물론 군 전체의 힘에서 북을 제압할 수 있다손 치더라도 남북이 이렇게 서로 상반되다시피 하는 대접을 전사들에게 하면서, 남과 북이 피할 수 없는 결전의 마당에 섰을 때 누가 이길 것인지를 더 말 할 필요가 있을까?

중국이 공산화될 때 장쩌민 군대가 마오쩌둥 군대보다 화력은 훨씬 우위였다는 사실을 잊어서는 안 된다.〉

3

최성종은 기사를 덮으며 다시 담배를 꺼내 물었다.

3년 전인가? 지금은 자리에서 물러난 선배 기자가 최성종에게 이 원고를 던지듯 건네주며,

"언제 시간 있으면 읽어보게. 어제 광화문 북파 공작원 시위 사실 보도에 덧붙여 실으려고 썼더니, 이런 논평까지 덧붙였다가는 기사 전체를 사장시킬 수도 있으니, 논평은 자제하고 사실 보도만 제대로 하자고 데스크에서 내게로 되돌려 보낸 원골세. 데스크 말로는 이 기사 실었다가는 우리 신문은 빨갱이 기관지 되고 나와 데스크는 빨갱이로 몰린다나? 아직 국가보안법이 눈뜨고 살아있는 판이라 이적 단체 찬양고무죄로 걸린다나? 그게 정말 정부쪽에서 걸고 나올 것을 걱정한 건지, 아니면 사주 눈치 보느라고 사주 생각해서 대신 말한 건지, 아니면 정말 데스크가 나를 걱정해 주는 것인지는 모르겠

지만 말이야."

최성종은 그런 말을 하며 원고를 주던 선배의 얼굴이 생생하게 떠올랐다.

"선배님, 절 찾으셨다면서요?"

흡연실 문을 열고 들어서며 손에 담배를 꺼내 든 김상덕 기자가 최성종 앞자리에 앉아 불을 붙이며 무슨 일이냐는 듯 의아한 얼굴로 쳐다보았다.

"응, 그래 찾았지. 이것 좀 읽어 볼텐가? 내가 몇 년 전에 선배님께 받은 원고야. 참, 자네도 알겠군. 안명수 대기자님."

최성종이 자신이 읽었던 원고를 건네주며 하는 말에 김상덕은 손으로는 원고를 받고 눈으로는 최성종을 응시하며,

"알죠. 참, 그보다도 이번 철도개통회담 방북 취재를 선배님이 가신다면서요? 좋으시겠어요. 방북 취재를 가신다는 것도 좋으시겠지만 선배님이 가신다니까 누가 파견되느냐를 갖고 말 많던 사람들이 당연하다는 듯 받아들이는 모습이 더 부러웠어요. 만약 저나 다른 기자가 선발되었다면, '그게 뭘 한다고 나는 안 보내고 잘 보인 그 인간만 보내냐' 고 하실 선배들께서도 최성종이야 당연하다고 한 말씀씩 하시는 모습이 여간 부럽지 않던걸요."

"그래? 그게 벌써 돌았나?"

"그럼요. 신문사 소식인데 가장 빠른 실시간 뉴스잖아요. 참, 안명수 대기자님은 왜요?"

"응, 그 원고가 안명수 대기자님이 쓰시고 발표되지 않은 원고인데 나에게 주시면서 시간 있을 때 읽어보라고 하신 거야. 물론 전에 한 번 읽어보았는데 막상 남북철도개통회담에 취재를 가려니 그 생각이 나지 뭔가? 그래서 다시 한 번 읽어보았더니 자네 생각이 문득 나면서 보여주고 싶더라고…. 지금 바쁘면 다음에 보던가?"

"아닙니다. 지금 바쁘지 않아요. 더더욱 안명수 대기자님이 쓰신 육필 원고라면 한 번 보고 싶네요. 제가 입사한 후 몇 개월 안 계시다 그만 두셨죠. 저야 그 때 수습시절이라 자세히는 모르지만 들리는 이야기로는 그만 두시면서 하신 말씀이 명언이셨다는데….

'박정희나 전두환이 때는 쓰고 싶은 글을 쓰면 높은 애들 눈치 보느라 데스크가 자르더니, 이제는 쓰고 싶은 글을 쓰면 제 놈 모가지에 감투 쓰려고 데스크가 자른다.'

'신문사 사주가 정부랑 꿍짝을 잘하고, 데스크에서는 광고주 비위에 거슬리는 기사를 알아서 잘라 줘야 광고주 주머니가 잘 열린다.'

뭐 그런 얘기를 하시면서,

'차라리 독재 시대에 글을 써서 빵에 가는 게 낫지 돈이 춤추는 이놈의 세태는 글을 써도 활자 맛도 못 본다.'

그런 얘기를 끝으로 사표를 마무리 하셨다던데…."

김상덕이 원고에 눈을 고정시킨 채 하는 얘기를 듣던 최성종이,

"바로 지금 자네 손에 들린 원고가 그 분의 마지막 원고야. 그 원고가 데스크에서 반려될 때 그 분이 내게 이 원고를 주시면서 언젠

가 필요를 느낄 때 읽어보라고 하신 거야. 당시는 한창 남북 화해 무드가 수면 위로 떠오를 때라 이 원고가 기사화 되어 정부측과 잡음이 생길 수도 있다는 생각에 데스크가 알아서 긴거라는 게 선배님의 생각이셨고.

또 독재 시대에는 독재에 맞서 칼 같은 펜을 휘두르다 여러 번 못된 꼴도 당하시고, 막상 민주화가 되었다 하면서도 정작 민주화의 첫 걸음도 떼지 못하는 조국의 현실 앞에, 다시 말해 너무 오랜 세월 억눌려 오던 것이 한꺼번에 풀려 터지면서 무얼 먼저 해야 하는지의 구분이 서지 않아 서로 요구하고 나서는 것이, 마치 집단 이기주의적 아귀다툼으로 비춰지는 민중들의 분별없는 외침에는 그 갈 길을 제시해 주고자 일침을 가하면, 민중들에게는 그것이 마치 어용인양 비춰져 등 돌림을 당하는 어려운 시대를 반복하다가 이제는 글 좀 제대로 쓸 수 있겠다 싶어서 글을 쓰면 사내 사정으로 번번이 기사화 되지 못하는 상황, 그 자체가 선배님께는 자신의 끝이라고 생각하신 거야.

아니, 어떻게 보면 신문에서 희망을 거두신 거지. 마침 내가 모레 북에 간다니까 이 글을 읽고 싶더라고. 전에도 한 번 읽고 잘 두었던 건데…. 그리고 첫 방북취재도 아닌데 이번에는 괜히 뭔가를 준비해야 할 것 같은 생각도 들고…. 이제 나도 나이가 든 노 기자가 되는 건가?"

끝 부분은 거의 혼자 말처럼 되어버린 최성종의 말에는 대답도 없이 김상덕은 원고에 푹 빠져 있었다.

담뱃재가 떨어지는 것도 모른 채 원고에 푹 빠져 끝까지 읽고 난 김상덕은 필터만 남은 꽁초를 재떨이에 버리며,

"저는 1.21사태 다음해에 태어나서 이런 일이 있었다는 것도 학교 다니면서 알게 되었지만 자세히는 몰랐어요. 다만 얼마 전 상영된 영화 중간에 나오는 장면을 보며 '아, 저런 일이 있었구나' 하는 정도였는데….

군에 있을 때도 HID 이야기를 듣긴 들은 것 같고, 또 여기 쓰여 있는 광화문 농성 때는 제가 수습으로 있으면서, 왜 그분들이 농성을 해야만 하는가를 듣고는 저 역시 타당성이 있다고 생각해서 정부가 어떤 조처를 취하는 것이 옳다는 의견을 낸 적이 있지만….

새삼 안 선배님의 글을 읽으니 그때의 제 느낌은 아무것도 아닌 것 같아요. 이 글을 읽으니까 새삼 전율마저 느껴지는데요."

김상덕은 다시 담배를 피워 물며,

"이 원고대로라면 우리가 최악의 경우, 북쪽과 한판 승부라도 벌인다고 가정하면 질 수 밖에 없다는 것 아닙니까? 물론 그런 극한 상황까지야 가지 않겠지만…. 정말 최악의 경우에는 화력이 약해서도 아니고, 군사력이 약해서도 아니고 전사들을 도구로 전락시켜버린 그 동안의 북파 공작 부대에 대한 처우에서 영향을 받은 전사들의 사기 저하에 의해서 진다는 것 아닌가요? 충분히 이길 수 있는 게임을 선수를 도구로 취급하는 까닭 때문에 진다?"

"글쎄? 꼭 그렇게 해석한다면 정말 북을 찬양 고무하는 것으로 보

일 수도 있겠지. 하지만 선배님이 보시고 쓰신 것은 꼭 그것뿐만이 아니라 사람을 사람으로, 병사들을 사람다운 병사로 대접할 수 있어야 한다는 주장을 더 펼치고 싶으셨던 걸 거야.

우리가 흔히 군의 사기니 정신력이니 하는데 그 정신력이라는 것이 그냥 극기 훈련하는 차원의 정신력이 아니라, 북에서는 남쪽에 내려와 전과를 올리고 나면 영웅으로 대접해서 투쟁의지를 고취시켜 후세 사람들에게도 투쟁만이 살 길이라는 생각이 자신도 모르는 사이에 머리 깊숙이 박히게 하는 것이고, 남에서는 북에 대한 공작 행위 그 자체를 어둠에 쌓아 감추어 두고 드러내지 않음으로써 바로 자네 같은 차세대에서도 이런 일들의 실체조차 모르게 만드는 것이 어떻게 정신력과 사기를 진작 시킬 수 있느냐는 거지.

물론 냉전시대의 논리라고 몰아 부칠 수는 있을지 모르지만 사실은 사실이요, 조국과 백성을 위해 적진에 들어가 목숨 바쳐 임무를 수행했던 것은 사실 아닌가? 대북 공작 행위를 한다는 것이 평화를 지향한다는 헌법과도 위배되고, 국제 사회 앞에 드러내 놓고 인정하기도 부끄러운 일인 줄은 알지만 고름 둔다고 살 되는 것은 아니잖나?

또 남북이 분단된 나라의 냉전시대에 어떻게 그런 일을 할 수 있냐고 누가 탓하겠나? 오히려 안 했다면 그게 더 이상하지. 호랑이 날고기 먹고 사는 것 다 아는데 우리는 평화를 지향하는 호랑이라 익은 고기 먹는다고 우기면 더 우스운 꼴 아닐까? 뿐만 아니라 선배님은 이 글을 통해서 미국에게도 일침을 놓으시고 싶으셨던 거야.

지금 북한은 대포동미사일, 노동미사일 등 중장거리 미사일을 시험 발사하고 있어. 물론 그 성공과 실패 여부는 차치하고라도 북에서는 그 외에 대동강이라고 불리는 핵탄두 중거리 미사일과, 두만강이라고 불리는 핵탄두 장거리 미사일을 보유하고 있다는 좋지 않은 소문이 흉흉히 떠돌고 있지 않나?'

　최성종의 말에 김상덕은 고개를 끄덕였다.
　그렇다. 언젠가 김상덕도 몇몇 기자들과 술자리에서 그런 얘기를 들었다. 미국이 이라크에는 핵무기도 화학무기도 없는 것이 확인 되고 난 후에 선제공격을 한들 이렇다 할 저항세력과 큰 힘이 없어 자국군에게 돌아올 피해가 크지 않을 것이라는 확신이 들자 덮쳤고 북은 정말 핵을 보유한 것으로 확신한다는 것이다.
　물론 이라크가 화학무기도 핵무기도 없는 상태에서 폭탄과 함께 자신의 몸을 던져 자폭 테러를 감행하는 것이 바로 순교하는 것이라고 여기며 몸으로 돌진해 올 그네들의 저항을 계산하지 못해서, 미국이 이라크를 독재로부터 해방시키고 평화를 가져다준답시고 주둔하는 한 영원히 끝나지 않을 전쟁으로 되어가지만, 미처 그 계산까지 하지 못한 미국은 이라크를 아주 가벼운 상대로 여긴 대신 북은 섣불리 건드릴 상대가 아니라고 본다는 것이었다.
　더더욱 지난 7월 초 북한이 대포동미사일을 발사했다가 중간에 추락시킨 것은 실패한 것이 아니라 제스처였으며, 실제 그런 미사일 말고도 핵탄두를 장착한 미사일이 있고, 그래서 북은 핵 사찰을 거부한다는 것이다.

　최성종이 말을 이었다.

　"그런데 우리는 그놈의 한미방위조약에 걸려 미사일 개발도 제대로 못해! 우리가 능력이 없어서 못하는 게 아니잖아. 우리가 개발을 못해야 미국 애들이 물건이랍시고 미사일을 팔아먹을 것 아닌가?

　선배님은 청와대가 위협받는 공격을 당했음에도 자국 푸에블로호 선원만 구해내기에 급급해 북에 꼬랑지를 내리던 미국을 상기시켜 우리도 마냥 미국만 믿고 살 수 없다는 말씀을 하시고 싶었던 거야. 미국의 실체와 막상 우리가 위기에 처했을 때 처신했던 미국의 모습을 온 국민에게 이 기회에 다시 한 번 각인 시켜주고 '세상에 믿을 놈 나 자신 밖에 없으니 우리도 스스로 힘을 키우자'는 말씀을 꼭 하고 싶으셨던 거야."

　최성종이 여기까지 말을 마치자 김상덕이 눈을 크게 뜨며,

　"선배님! 죄송하지만 기자라고 하기에는 이제 초등학교를 갓 졸업한 수준이라 그런데 푸에블로호 납치 사건 때 자국 군대의 납치 사건인데 미국이 왜 그렇게 소극적이었을까요?"

　최성종은 다시 담배를 한 대 피워 물며,

　"글쎄, 대답이 될지 모르겠네만 한마디로 표현하면 내 품에 안은 내 자식은 똥을 싸도 구리지 않지만 멀리 떨어져 있는 남의 자식이 똥을 싸면 구린 법이거든."

　김상덕이 의아해 하는 눈으로 쳐다보자,

"미국사람들 보기에는 한반도의 평화도 청와대의 안전도 나중이고 우선은 미국인 선원 83명이 더 중요했던 거야. 아무리 우방이고 어떻고 해서 자국의 83명을 포기하고 대한민국을 택한다고 했을 때 당시 미국 정권이나 미국이 얻을 것과 잃을 것을 저울질 하면 잃을 것이 많았다는 판단이었겠지. 그냥 우물우물 넘어가도 자국의 국민이 이역만리 타국에서 희생되는 것보다는 낫다는 판단이었겠지. 우물우물 넘어간다고 한반도가 공산화되는 것도 아니니 그것을 건수로 무기는 더 많이 팔 수 있으니 오히려 이득을 챙길 수 있다고 생각했겠지."

"그렇다면 앞으로도 그와 비슷한 일이 생기거나 혹은 북한이 실전을 감행한다 할 때 우리에게 어떤 태도로 미국이 나올지는 아무도 모르겠네요?"

"그걸 말이라고 하나? 당장 눈에 보이는 것만 보아도 알 수 있지 않나? 북한뿐 아니라 일본을 대하는 미국을 보아도 알 수 있지. 이라크 전에 일본이 돈 좀 쏟아 부으니 아시아의 진정한 벗은 일본 밖에 없다는 듯, 일본의 군비 확장과 자위대의 침략군화 하는 모습을 모르는 듯 암암리에 묵계하듯 인정하며 넘어가고 있지 않나? 만일 이 순간이라도 일본의 태도가 아니다 싶으면 미국 애들이 먼저 유엔 안보리다 뭐다 열어가며 일본의 군비 확산을 막아야 한다고 난리날 걸?"

최성종은 담배 불을 연신 댕기며,

"만일 정말 미국이 한반도의 평화와 안전에 진심으로 관심이 있다면 우리 정부가 2002년과 2003년에 북에 지원한 식량들이 굶주린 백성들에게 돌아가기보다 군량미로 쓰이기에 급급했다는 공공연한 사실을 알면서도 왜 가만히 있었겠나? 수단과 방법을 가리지 않고라도 대북지원을 막았겠지. 미국이 하는 한마디라도 듣지 않는 이 나라 정부가 어디 있었다고. 홀로서기 하다가는 언제 미국이 불어젖히는 태풍을 맞을지 모르는데….

그렇게라도 해서 남쪽에는 쌀 더 팔아먹고 북쪽이 체제를 유지해 가면 북쪽이 존재하는 한 남쪽에는 무기 더 팔아먹고, 꿩 먹고 알 먹자는 수단 아니겠나? 어쩌면 미국은 이번에 북한이 대포동미사일을 발사한 것이 한편으로는 일본과 대한민국이라는 커다란 무기 시장을 튼튼히 지켜준 것이 고마울 것이고, 한편으로는 북한이라는 새로운 경쟁국가, 말하자면 무기 수출 시장의 새로운 경쟁자가 나타날까봐 아예 싹을 자르고 싶기도 할 것이고, 이러지도 저러지도 못하고 손 안에서 공 굴리듯 하며, 먹을 수도 없고 버릴 수도 없는 뜨거운 감자 같은 존재인 게지."

"그 정도야 저도 알지만…."

김상덕이 혼자 말처럼 주절이자,

"자네가 몰라서 얘기해 준 것은 아니고 내가 모레 북에 취재를 하러 가는데 바로 서울과 평양을, 아니 부산과 신의주를 잇는 경의선 개통 최종 회담을 취재하러 가는 것이다 보니 문득 이 글을 읽고 싶어진 것이고, 이 글을 읽다보니 그 옛날 안 선배님이 내게 이 원고를 건네주시던 그 기분처럼 자네 생각이 나서 자네를 불렀고, 자네 얼

돈가친덕 ۱

굴을 보니 그런 저런 생각들이 나게 되고, 그러다 보니 주절이게 되었군.

참, 저녁에 약속 있나? 나 안 선배님 만나러 갈 건데 같이 가서 소주나 한 잔 하던가."

김상덕은 최성종이 유난히 자신을 아끼고 있음을 아는 터라 안명수를 만나러 가는데 함께 가겠냐고 제안하자,

"당연히 가야죠. 저 같은 주제에 언제 그런 훌륭하신 대 선배님을 뵐 기회가 있겠어요?"

4

최성종이 안명수를 만나기 위해 김상덕을 데리고 도착한 곳은 허름한 숯불구이 집이었다. 유행가 가락에 가끔 등장하곤 하는 목로주점.

안명수가 현역 기자로 활동할 때 최성종과 함께 이 집을 찾을 때는 연탄구이 집이었는데 연탄도 찾아보기 힘들고 연탄가스가 몸에도 안 좋고 뭐 그런 저런 이유로 해서 이 집이 숯불구이 집으로 바뀌었지만 목로주점 분위기는 그대로였다.

둥근 원탁을 가운데 놓고 등받이 없는 나무 깔판 원형의자 네댓 개가 둘레에 놓여있고, 원탁 가운데의 구멍에는 지금은 숯불로 바뀌었으나 연탄불 위에 놓인 석쇠에서 돼지고기가 서서히 익어 갈 즈음이면 벌써 소주 서너 잔이 넘어가고 난 뒤라 항상 분위기가 후끈 달아오르는 주점.

취한 자의 큰 목소리 때문에 취하지 않은 자도 큰 목소리를 내야 들리는, 큰 소리를 내야 하는 주점. 그래서 분위기는 더 달아오르고 어느 새인가 크게 웃고 떠들다 보면 스트레스마저 석쇠 위에서 익어가는 그런 목로주점.

"김상덕입니다."

벌써 와서 자리를 잡고 앉아서 지금 막 테이블 위에 올려진 듯 보이는 고기를 석쇠 위로 옮기고 있는 안명수에게 김상덕이 허리 굽혀 인사하자,

"알아. 자네 입사할 때 내가 거기 있었는데 뭘? 자네야 신입 기자로 정신 없었지만 나는 누가 누구인지 정도는 볼 수 있는 자리였거든. 항상 밑에서는 위를 보기 어려워도 위에서는 아래를 보기가 쉬운 법일세. 자네는 입사해서 허둥대느라 윗사람 누가 누구인지도 잘 몰랐겠지만, 나는 자네 동기들 중에서 누가 앞으로 어떤 싹이 될 것인지 대충은 짐작해 두었지.

그 짐작이 꼭 맞지는 않지만 나이를 먹다보니 하는 짓과 얼굴만 보아도 대충은 짐작이 가더라고. 꼭 잘생기고 허우대는 멀쩡해서 주둥이만 그럴 듯하게 놀리는 인간들이 멋있게 보이는 것도 어려서 한철이지. 아, 그렇다고 자네가 못 생겼다는 말은 아니고. 나이를 먹는 것이 꼭 인생을 그냥 지나치는 것만은 아니라는 뜻일세."

소유한 자와 소유하려는 자.

숙련공과 숙련공이 되려는 자.

부유한 자와 부를 소유하려고 발버둥치는 자.

권력을 가진 자와 권력을 향해 뒤도 안 돌아보고 앞으로만 달려가는 자.

이미 소유한 자에게는 그 모든 것이 한눈에 들어오지만 소유하려는 자는 그 모든 것을 보려는 욕심에 모든 것을 보기는커녕 전체를 놓쳐 버리기 일쑤이다. 군에서도 고참 병장은 모든 것을 다 하고도 시간이 남는데 졸병들은 똑같은 일을 해도 왜 그리 바쁘기만 하고 결과는 고참의 그것에 비해 그리 뒤떨어지는지. 상사는 신입사원을 몇 번만 보면 그 인간 됨됨이까지도 대충은 알아내는데 신입사원은 상사의 마음을 읽어내기가 왜 그리도 어려운지….

김상덕은 자신이 안명수 얼굴만 아는 것도 큰 일을 한 것이라고 생각했는데 안명수는 이미 김상덕을 알고 있었다.

"내가 자네 입사 후 며칠 동안 하는 꼴을 보노라니 세월이 조금만 더 지나면 최성종이랑 붙어다니겠다 싶더니 결국 그리 되었구먼. 내가 최성종이 아끼듯 최성종이가 자네를 아낄 것이라 생각했네. 벌써 눈에 그렇게 들어오더라고."

소주 몇 잔이 돌다가 최성종이 입을 열었다.

"저, 모레 북에 갑니다. 처음 가는 것도 아닌데 묘한 기분이 들기에 오늘 형님께서 남겨주신 원고를 다시 한 번 읽어보았습니다. 오늘 읽으니까 형님이 그 원고 남기시고 떠나시던 날 처음 읽었던 기분과는 영 다른 기분이던데요."

"어떻게?"

"글쎄요. 막상 제가 서울 평양 간, 철도개통 문제로 북에 취재를 간다고 생각하니까 전에 남북한 이산가족 상봉 취재하러 북에 가던 기분과 다른 것도 있겠지만, 형님이 원고에 써 놓으신 것들이 묘한 기분으로 다가오더라구요. 말로 표현하기에는 제 말 솜씨가 부족한 것 같고 막상 남북한 철도가 개통된다니까 형님이 쓰셨던 그 원고가 새삼 지금 일어날 수도 있는 일처럼 여겨지면서 공연한 생각마저 들더라구요."

"공연한 생각이라니?"

"몇 년 전인가 처음 남북 철도를 이어 개통할 예정이라고 발표했을 때, 전임 대통령 중 한 분이 그 열차를 타고 북쪽 테러범들이라도 내려오면 누가 그것을 감당하려고 굳게 지켜온 나라의 문을 빨갱이들에게 열어주냐고 한 적이 있죠? 갑자기 그 생각이 나면서 좌우간 묘한 기분이 들더라구요."

최성종이 어렵사리 말을 마치자 안명수는,

"사람도 참…. 하기야 알 수는 없는 일이지만, 그런 약한 생각을 자네도 할 줄 알기는 하는가 보네 그려. 그나저나 그럼, 그 도라산역이 드디어 북쪽과 이어져서 개통이 되는 건가?"

"그렇죠. 제가 듣기로는 이미 고위층까지 개통을 한다는 원칙적인 합의는 끝났다고 합니다. 다만 어디에서 개통식을 할 것인가만

남겨놓고 있는데 아마 그것도 도라산역에서 하기로 이미 암암리에 묵계가 이루어져 가는 것으로 알고 있습니다.

물론 북쪽에서야 회담 초반에는 북쪽에서 하자고 떼도 좀 쓸 것이고, 쉽게 합의문이야 작성하겠습니까? 처음에는 밀고 당기는 듯이 하다가 첫날 저녁 비공개 회담에서 어느 정도 배팅을 걸어 놓고, 그날 밤 양쪽 모두 각기 본부에 보고해 어는 정도 선을 받아 놓겠지요.

그리고 이제까지 그랬던 것처럼 둘째 날 오전 비공개 회의에서 주고받는 것을 웬만큼 마무리 한 후에 비공개 회의는 끝내고 오후에야 서로 조건을 일부 양보해가며 합의를 보겠지요. 하지만 북쪽이 궁극적으로 얻으려는 것은 개통식 장소가 북이 되는 것이 아니라 개통식 장소를 남쪽에게 양보해 주면서 반대급부로 얻는 것이 더 중요하다는 것은 누구든 아는 일이니까 도라산역이 될 거라는 겁니다."

최성종의 대답을 듣고 있던 안명수가,

"그럼 김정일이 도라산역에 온다는 거야? 북쪽 어디로 우리 쪽에서 가는 것도 아닌데 김정일이 나온다는 거야? 그것도 우리 쪽 도라산역으로?"

"그렇죠. 우리 쪽에서는 대통령이 나가는데다가 원래 역사적으로 너무 크고 놀라운 사건이 되다보니 전 세계 모든 매스컴의 카메라들이 주목할 텐데 김정일이 안 나올 순 없겠죠?"

최성종의 이야기를 듣던 안명수의 표정이 조금은 굳는가 싶더니,

"김정일이 도라산역에 온다? 그리고 테이프를 끊는다? 북쪽으로

와서 개통식을 하자고 하는 것이 아니라 제 발로 남으로 온다? 알다가도 모를 일일세 그려? 또 무슨 꿍꿍이가 있는 것은 아닌지 원…."

그러자 최성종이,

"글쎄요? 저도 처음에는 그 소리를 듣고 뭔가 아리송했는데 가만히 생각해보니 개통식을 하게 되면 외신 기자들이 대거 몰려 올 것이고, 그러자면 단순하게 개통식 하는 장면뿐만 아니라 주변 환경이나 그 외 주민들의 모습 등등 취재도 겸하게 될 텐데 북쪽이 단순한 개통식장만이 아니라 주변 환경이나 주민들의 삶의 모습까지 공개하기에는 아직은 준비가 덜 된 것이 많아서가 아닐까 하는 생각이 들더라구요?"

"글쎄? 좌우지간에 도라산역을 개통식장으로 정하면서 그 대가로 또 달러가 꽤나 건너간다? 북쪽은 그런 실익을 얻어야 되고, 남쪽은 보여주기 잔치를 열어야 되고…."

안명수는 술잔을 털어 넣듯 비우고 나서 말을 이었다.

"북쪽도 내부가 뒤숭숭 한데다가 국제적으로도 이렇다 할 이슈가 뜨지 않고 온통 견제구만 들어오니 이런 행사라도 해야겠지. 평양에서 민통선까지 군중을 늘어세우고 김정일 지나가는 옆에서 빨간 종이로 만든 조화를 흔들어 대며 열광하게 하는 것, 그 자체로도 체제를 유지하는데 한 몫을 한다고 생각할 것이고, 그 모습이 조선 중앙 TV에 방영되면 인민들은 아직도 위대한 지도자 동지에 대한 식지 않은 충성심과 열정으로 가득 차 개통식에 참석하시기 위해 길을 떠나시는 위대한 지도자 동지를 반갑게 맞았노라고 선전도 할 것이고.

뿐만 아니라 남쪽에서도 애타게 지도자 동지를 기다려서 친히 방문하여 지도자 동지에 대한 남쪽 인민들의 갈증을 풀어 주었노라고 뻥 칠 수 있는 건더기도 생길 것이고…. 도라산역 근처야 이렇다 할 건물 하나 없으니 북녘 동포들에게 남쪽 모습을 감추느라 애쓸 필요 없이 방송하기도 좋고…."

그 말을 하면서 안명수의 얼굴은 굳어지고 있었다.

"문제는 말이야. 도라산역 축제가 도라산역 비극이 되지는 말아야 할 텐데 나는 공연히 무언지 모를 것이 걸리는 것 같아."

안명수가 마치 중얼거리듯 하는 말에 김상덕이 눈을 크게 뜨며,

"도라산역 비극이라니요?"

"글쎄, 자네는 태어나기도 전의 일이 생각나서…."

안명수는 김상덕을 바라보며

"담배 하나 주겠나? 끊은 지 10년 만에 다시 피게 되는군."

담배에 불을 붙인 안명수는 김상덕을 바라보며 말을 이었다.

"1968년 1월 20일 자하문에서 시작된 총격전 얘길세."

순간 김상덕은 오늘 낮에 최성종이 건네줘서 읽은 얘기라는 것을 직감으로 알아채면서 안명수라는 대선배의 말씀을 막을 수는 없었다. 최성종은 더 했다. 만나서 소주 한 잔을 하다보면 직업이 직업이다 보니 시사성 있는 이야기로 대화는 옮아가고, 대화가 대북 문제에 이르면 으레 나오는 이야기가 이 이야기인지라 벌써 십 수번을 들었지만 얘기가 빨리 끝나서 다른 이야기를 할 수 있을 때까지 그

저 묵묵히 듣고만 있을 뿐이었다. 아니 실제로는 이 이야기를 들을 때마다 새록새록 새로운 기분이 들었지 지루하거나 듣기 싫지는 않았던 것 같다.

"그때는 연천을 통해서 3일이나 걸려서 서울 한 복판에 올 수 있었고, 그나마 다행히 자하문에서 군인도 아닌 경찰에 의해서 발각되어 최규식 총경의 순직을 대가로 1월 21일 대대적 소탕 작전에 들어갈 수 있었지. 왜 경찰이 그 테러리스트들을 발견할 수 있었을까? 만군지하의 특수부대라는 완장 때문에 군은 감히 엄두도 못 냈기에 경찰 검문에서 걸려든 거지. 어찌되었든 소탕 작전도 소리만 요란했지.

그 사이에 미군 푸에블로호가 납북되고 테러리스트 중 세 명이나 살아서 도로 북으로 넘어갔지만, 자국 병사가 죽고 자국의 군함이 납북되는 수모를 겪은 미국도, 청와대 코밑까지 들어와서 불꽃사냥을 당한 우리도, 더 이상의 어떤 행동도 취할 수가 없었어. 아니 어쩌면 미국이 더 이상의 어떤 행동도 취하지 않기를 원했기 때문에 우리 정부가 그 뜻을 좇아준 것이라고나 할까?

쉽게 말하면 완전히 당하고 TKO패를 당한 거지. 미국은 우리 땅이 하나가 되는 것을 원치 않는데다가, 자국에서 일어나는 여론의 공세를 감당하면서 까지 대한민국을 위해 무언가 하고 싶지는 않았던 거야. 다시 씹자면 미국은 북에 있는 자국 병사 82명과 자국 병사의 시신 한 구가 우방이라고 떠들어대던 대한민국의 대통령과 4천만 백성의 목숨보다 귀한 셈이었지.

우방은 나를 우방이라고 부르는 자에게서 내가 이익을 볼 수 있을 때 우방이라는 거지. 이익이 되는 요소가 사라지거나 이익보다는 손실이 커질 것 같으면 가차 없는 득실 계산으로, 우방이라는 그 단어를 버리는 한이 있더라도 자기 손실은 보지 않아야 한다는 국제사회의 철저한 논리를 보여 준거야. 그깟 동쪽에 붙어있는 반도의 반 쪼가리 때문에 북에 억류된 82명의 생사를 접어 두었다가 미국 내의 유권자를 잃는 모험도 하기 싫고, 또 만일 더 발전되어 전면전으로 갈 때에는 6.25동란 시절 중공군의 개입으로 철저하게 유린당했던 아픈 기억을 살리고 싶지 않았던 것이 아마도 당시 미국의 속셈이었을 걸세."

　안명수는 다시 한 번 소주를 털어 넣듯 비우고는 안주삼아 담배를 깊게 빨며,

　"오랜만에 담배를 다시 피우니 맛이 썩 괜찮은데."
하면서 꽁초를 비벼 끄고는,

　"당시 살아서 북으로 넘어간 박재경은 대장까지 진급하면서 잘 나갔지. 인민의 위대한 영웅으로 융숭한 대접을 받아가면서. 그런데 이번에는 정말로 그 길을 훤히 뚫어 주는군."

　안명수가 길을 뚫어 준다고 하자 최성종이,

　"아까 제가 그 말씀을 드렸을 때는 약한 생각이라고 하시더니…?"
하며 의아하다는 듯이 쳐다보자 안명수는 김상덕이 테이블 위에 꺼내 놓은 담배 하나를 다시 집어 입에 물고 불을 당기며,

"머리는 살 수 있으나 건강은 못 산다는 그분의 머리는 팔린 지 오래되어 그 철도로 괴뢰군이 몰고 내려오는 것 이상은 생각 안 했겠지만, 그 길이 테러리스트들이나 혹은 첩보원들의 통로라도 된다면 어찌할 것인가? 꼭 그렇다는 것은 아니지만 그런 의미의 생각도 해볼 수 있다는 걸세. 요즈음의 전면전이야 그깟 철도 타고 인민군이 몰고 내려와 얼마나 승산이 있겠나.

하지만 국지전을 위한 테러는 승산이 있을 수도 있다는 거지. 지금 국제 정세는 북한이 미국의 주적으로 불리고 있어. 겉으로는 핵을 핑계로 미국이 북한을 주적으로 몰아붙이고 있지만, 우리가 이미 경험했듯이 미국의 이라크 침공 때 화학무기니, 핵무기니 해가면서 밀어젖히고 들어갔지만 핵도 화학무기도 없었고, 정말 존재하는 것은 미국에 대한 증오 뿐 더 이상 아무것도 없었잖나?

마찬가지로 북한의 뚜껑을 열어서 핵이나 화학무기나 나올 수도 있지만 안 나올 수도 있어. 그러나 미국에게 중요한 것은 그 둘 중 어느 것도 아니야. 미국 CIA에 침입할 수 있는 능력을 갖춘 해커를 북에서는 정부 차원에서 양성하고 있다는 말이 있잖나. 그래서 북한이 미국의 주적 1번이 된 것이고, 미국은 갖은 방법을 동원해서 북한을 밀어붙이려고 하는데 대포동이다, 노동이다 해가면서 중장거리 미사일을 쏘아대며 핵을 보유하고 있다고 뻥뻥거리지, 지금 미국으로서는 이러지도 저러지도 못하고 그저 죽을 노릇이거든.

확 달려들면 한방이면 결론짓고 쇼부 칠 것 같으면서도 만일 전면전 선포하고 뛰어드는데 미친척하고 북이 핵탄두 장치한 미사일 한

두 방을 워싱턴과 뉴욕을 겨냥해서 쏘아 버리면 빈대 잡으려다 절간 태울 수는 없으니 뛰어들 수도 없고…. 지금 미국이 북의 정보를 캐 낼 능력이 부족해서도 아니고 자체에 해커가 없어서도 아니거든. 다 만 북은 미국의 그런 점들을 역으로 이용하기 위해 미국의 첨단 장 비로는 접근이 안 되는 낮은 버전의 방식으로 정보를 처리한다고 하 질 않나?

　남들처럼 굳이 속도전을 치르듯 할 것이 아니라 아무도 눈치 채지 못하는 방법을 쓰자는 거야. 어차피 배곯고 못사는 나라라는 것은 전 세계가 다 아는 일인데 쪽팔리거나 두려울 것 하나도 없다는 배 짱이지. 그러니 미국은 더 난감한 거야. 나이 육십 먹고 박사학위 서 넛 갖고 대학 총장으로 재임하는 사람도 세 살배기 아이가 하는 말 못 알아듣는 것이 많다고, 지금 미국은 북의 눈높이에 자기네 정보 망을 못 맞추고 있는 거지.
　그러니 확 덤벼서 쫑을 낼 수가 있나? 핵이 되었든 화학무기가 되 었든 적당히 핑계대어 현 체제를 무너뜨리고 붕괴시킨 후 새로운 체 제를 세우고 싶은데 그게 어려운 거지. 자기들 마음대로 움직일 수 있는 허수아비, 꼭두각시 정부나 세워 남과 북은 영원히 갈라놓고 싶은 것이 미국의 속셈인데 그게 어디 마음대로 되어야 말이지.
　그런 차원으로 보자면 북에게는 테러리스트의 길을 열어 주는 꼴 이 되는 것이고 푸에블로호 납치 사건 이후로 근 40여년을 쪽만 팔 린 채 이렇다 하게 북에 관해서는 큰 소리 한번 못 쳐 본 미국에게는 손쉬운 정보 수집의 길을 터 줄 수도 있다는 거지."

안명수의 손에 들렸던 담배는 필터만 남긴 채 완전히 타 들어갔지만, 그 사실을 아는지 모르는지 필터를 집게와 가운데 손가락 사이에 처음 한 모금을 빨 때 쥐었던 채로 쥔 채 말을 이었다.

"미국이 만약에 북의 정보망에 접근을 해서 여차여차하여 북을 장악하게 되었다 손치세. 그러면 미국이 장악한 북을 우리에게 넘겨줄까? 천만에, 아니올시다 일거야. 우리 스스로 통일을 이루기 전에는 절대 불가능 하지. 남의 나라가 들어와서 우방 아니라 우방의 할애비가 들어와서라도 쪼개면 쪼갰지 합쳐주지 않는 것이 국제 질서라는 것이거든. 틈만 나면 남의 나라는 쪼개고 내 주변국은 내 것으로 하나 되게 만드는 것이 바로 국제 질서라는 거야. 그렇다고 미국이 전면전을 벌인다? 아까도 말했지만 그건 절대 아닐세. 때 맞춰 길 열어 주는 꼴이 되는 거야."

"그렇다고 대 선배님 가상처럼 꼭 부정적일 수만은 없지 않을 수도 있잖습니까?"

"물론이지. 또 내 가정대로 되어서도 안 되고. 그러나 여러 가지로 안 좋아. 이미 얘기했지만 지금 북은 여러 가지로 안 좋거든. 국내외적으로…. 국내에서는 개방주의자들이 목소리를 내기 시작했고 외부에서는 미국을 비롯한 강대국들이 자꾸만 핵 사찰을 요구하지. 핵 사찰이라는 것은 무조건 북에 불리할 수밖에 없어. 핵이 있으면 폐기를 해야 함은 물론, 이제껏 미국이 주장해온 북이 미국의 주적이어야 하는 이유를 정당화 시켜 주는 꼴이 될 것이고, 핵이 없으면 완전히 호구 잡히는 거지.

종이호랑이의 실체를 드러내 보이는 꼴만 되는 것일 뿐인 거야. 완전히 팬티 벗고 나 잡아 잡수셔 하고 알몸을 던지는 꼴이 되는 모양새지. 미국이 이라크를 침공할 때, 이라크에는 화학무기가 없다는 확실한 정보를 입수하고 난 후에 넘어 갔을 것이라는 일부의 추측이 있지 않나? 만일 화학무기가 실제 있었다면, 자국 병사들의 엄청난 손실을 피하기 위해서라도 그리 쉽게 이라크 국경을 넘지는 않았을 거라는 얘기지. 그런데 북에 핵이 없다는 실체가 드러나 봐. 그걸 그냥 놓아 둘 것 같은가? 그냥 원 펀치 아웃일걸, 아마도….”

안명수는 소주 한 잔을 안주도 없이 꿀꺽 삼키고는 불마저 꺼져서 필터만 남은 꽁초를 든 채 말을 이었다.

“그러니 안으로도 곤혹스럽고, 밖에서도 깔지락거리는 꼴을 그냥 넘기면 힘없는 우두머리로 보여 체제가 흔들릴 것은 뻔한 이치 아니겠어? 그렇다면 자신들의 체제 유지를 위해 무언가 일을 벌여야 해. 북으로서는 이번 도라산역을 개통해서 남과 북을 하나로 잇는다는, 말하자면 서울에서 평양을, 아니 부산에서 신의주를 하나로 잇는다는 의미도 부여하고, 김정일의 건재한 모습도 전 세계에 드러내 놓으면서 체제 유지를 위한 선전 효과에 잠시나마 도움이 될 수 있기를 바라겠지.

물론 그 행사를 통해서 북에 도움이 되는 그 선에서 모든 것이 끝나기를 바라는 것이 우리의 마음이요, 바람이고…. 하지만 미국이 지금처럼 계속 북을 몰아 부치고, 때리는 시에미보다 말리는 시누이가 더 얄밉다고, 일본까지 합세하여 대북 송금 금지니 대북 무역 봉쇄조치니 해 가면서 지금처럼 몰아 부치는 강도를 높여만 간다면, 그렇지 않아도 어려운 북의 경제는 더 어려워만 갈 것이고, 어려워지는 경제로 인한 내부 분열을 막기 위해서 또 국제적으로는 우리도 힘이 있으니 너무 주접거리지 말라는 의미로라도 무엇인가 보여 주어야 할 텐데, 그렇다면 무엇을 보여줄까?

보나마나 더 큰 사건을 벌이기에는 현재 북이 가진 능력으로는 힘들 것이고, 고작해야 어느 한 구석을 테러하는 것인데 그렇다면 그 무대가 어디가 될까? 알 카에다처럼 미국 한 복판에서 비행기로 심장부를 들이받는 테러? 아니면 동경 경시청이라도 들이받아 쪽바리들 간담 서늘케 하는 테러? 아니지. 북은 그렇게 미련하지 않아. 왜 미국이나 일본에 전면전의 구실을 만들어 주겠나? 알 카에다는 그 근거지를 어느 나라에 국한시켜 두지 않고 조직을 아랍권 전체에 퍼지도록 두었을 뿐만 아니라 파키스탄 등 회교도 국가라면 어디에든 두었기 때문에 미국 심장부를 들이받을 수 있었지.

물론 미국은 그렇지 않아도 건수만 잡으려고 벼르던 중인데 마침 잘 건드렸다 싶으니까 그것을 핑계로 자국민들의 화풀이도 해줄 겸 죄 없는 이라크를 쳐들어가기는 했지만 전쟁은 결국 지고, 자국 허수아비 정부 하나 세우는 것으로 만족했지.

하지만 북은 경우가 다르거든. 달랑 반도 반쪽이야. 그런데 북이 그런 미련한 짓을 하겠나? 건드려도 미국이 폼만 잡고 큰 소리만 치지 이렇다 할 행동으로는 나오지 않을 곳. 1.21사태와 푸에블로호 납북 때 그 실증을 보여 주었던 곳. 사천만의 목숨보다 자국 팔십여명의 목숨을 더 귀중하게 여기는 곳. 반도의 나머지 반. 바로 우리 대한민국이 그 무대가 될 걸세.

그런데 그 남으로 내려오는 길을 활짝 열어 주었으니 북은 얼마나 좋을 것이며, 그렇지 않아도 북의 낮은 수준에 정보의 눈높이를 못 맞혀서 끙끙 앓기만 하던 미국에게는 실제 첩보원들이 가서 견학할 수 있는 길을 열어 주니 얼마나 좋은가?

하기사, 그러니까 미국 애들이 남북철도 개통을 허락해 주지, 그러지 않고 지들 이익 없는 데 한미연합사령부나 미국이 오케이 할 이유가 없지. 양측 모두 바라고 바라던 길을 열어 주니 이 얼마나 좋은가? 1월 17일 북을 출발해 1월 20일 자하문에 닿도록 내려와도 아무도 몰랐는데 한두 시간이면 서울 심장에 내릴 수 있는 길을 터주니 좋고, 발돋움을 아무리 해서 넘겨보아도 볼 수 없는 저놈의 키를 직접 가서 보게 해 주니 좋고, 쌍방 모두에게 이보다 더 좋을 수는 없겠네 그려."

이야기를 듣던 김상덕의 눈이 점점 커지다 못해 휘둥그레지자 최성종이 김상덕을 향해 눈을 껌벅이고는 대신 입을 열었다.

"형님, 설마…."

하면서 안명수를 쳐다보자,

"나도 내 얘기가 설마이기를 바라는 것은 자네들과 같은 심정이야. 하지만 박재경이 남에서 테러하다 실패한 공로로 육군 대장이라는 '하늘의 별따기'를 일궈냈는데 그들의 영웅 심리에 대한 열망이 오죽하겠나? 공연히 자유와 민주를 그 이념으로 삼는다는 허울 때문에 군번 없는 군인이 되어 테러는커녕 북파만 되었다가 살아 돌아오면 그 순간부터 온갖 감시와 행동 제약을 받으며 살아가는 우리네 상식으로는 이해할 수 없는 부분일세.

설령 테러가 아니더라도 대남 공작에서라도 공을 세우면 영웅이 되는데, 테러리스트가 되어 남파되었다 살아만 돌아가면 육군 대장이 될 수 있기에 그것은 곧바로 성공을 뜻하는 것이요, 내 가족과 친지가 평생을 편하게 살 수 있는 보험에 드는 것이라는 사상을 가진 자들인데…. 우리와 겉모습은 같아도 그 머릿속의 생각이란 근본부터 다른 사람들인데….

얼마 전에 장관급 회담에서 보아서 알지 않나? 남쪽에서 쌀이다 비료다 마냥 퍼 부어주면서 살살 달래니까 좀 조용하더니, 미사일을 시험발사해서 더 이상의 대북 지원이 불가피하다고 하자, 자기네가 선군 정치로 남을 보호하는 것이니 잔소리 말고 내 놓으라고 으름장 놓듯 하던 것을…. 그랬더니 이 나라 통일부 장관이라는 친구가 북한 지원은 미사일 문제와는 별도로 생각할 수 있다면서, 미사일에 대한 시각은 미국과 달리 한다나 어쩐다나 하던 모습 기억 안나?

물론 나도 미국을 믿는 것도 아니고, 그들의 주장이 옳다는 것은 아닐세. 미국 역시 북한의 미사일 시험 발사를 놓고 억지 쓰는 모습이 마치 무슨 젖먹이 어린애 칭얼대는 모습 이상은 결코 아니었으니까. 그러나 확실한 이유와 근거를 들어 북이 미사일 발사 시험을 하면 안 되기에 이런 조치를 취할 수밖에 없다는 성인답고 대국다운 모습이 아니라, 그냥 내가 가진 것은 나만 가져야지 너도 가지면 안 된다는 식의 주장이었을 뿐 더 이상은 아니니까.

하지만 남쪽에서 북이 으름장 놓듯 하는 짓거리를 받아 주는 것은 잘못된 것이요, 그러니까 북은 자꾸 그 요구의 강도만 높여 가는 것이란 얘기지. 햇볕정책은 받아들이는 사람에 따라서는 가끔은 북풍한설 몰아치는 정책보다 효과가 떨어질 수도 있다는 걸세. 남쪽은 껍데기만 동포지 머릿속은 미제의 앞잡이로 물들어 있는, 반드시 물리쳐야 할 적이라고 어려서부터 귀에 못이 박히도록 세뇌되어 자라온 아이들인데 무슨 재주로 그 사상을 바꿀 수 있겠나?

나라를 잃고 도라산에 올라 눈물을 흘렸던 경순왕의 원혼이 살아나지나 않았으면 좋겠네."

안명수는 말을 마치면서 최성종과 김상덕을 번갈아 쳐다보다가 두 사람의 얼굴이 굳어져 있는 것을 보고는 자신의 얘기를 두 사람이 예상보다 심각하게 받아 들였다는 생각이 들자 일부러 너털웃음을 섞어가며,

"꼭 그러리라는 것은 아니야. 단순한 내 생각일 뿐이니까 그렇게 심각한 얼굴들은 안 해도 돼. 그런 말을 하는 나 자신도 지금 내가 뱉은 말들과는 반대되는 일들, 그러니까 남북의 철도개통이 좋은 일

들만 가져오리라는 기대 역시 걱정 이상으로 크니까 말이야. 자, 그리 심각해 하지 말고 술집에 왔으니 술이나 한 잔씩 하자구."

하면서 애써 분위기를 바꾸려고 두 사람의 술잔을 채우고 마실 것을 권하고 있었다.

그러나 그렇게 허둥대는 안명수의 머릿속이나 김상덕은 물론 배터랑 기자 최성종의 머릿속까지 작금의 국제 정세, 말하자면 흐지부지되어 그 존재조차 잊혀져 가는 북이 관계되는 회담이나, 계속 북을 주적으로 몰아세우는 미국의 커져 가는 목소리.

그리고 날이 갈수록 그 목소리가 높아 간다는, 북을 개방해야 한다고 주장하는, 북 내부 개방주의자들의 꿈틀거림이 움찔거리듯 살아나서 엉키고 있었다. 미국이 지르는 소리에 발 맞춰 개방주의자들이 춤추는 그런 모습으로….

"이 친구들 왜이래? 당장 무슨 일이 일어나는 것도 아닌데. 자, 그러지 말고 술들 들라니까? 공연히 삼복더위에 더위 먹은 늙은 퇴역 기자 넋두리 같은 소리에 신경들 쓰지 말라니까?"

안명수가 두 사람이 술잔을 입으로 가져가면서도 얼굴이 풀리지 않자, 굳이 신경 쓸 것 없다고 애써 자신이 한 이야기를 지우려고 해도, 신경이라는 것이 쓰지 말라고 한다고 안 써지는 것도 아니고 한 번 머릿속을 맴돌기 시작한 생각의 타래는 그 끝이 없이 자꾸만 풀어지고 있었다.

"내가 공연한 이야기를 지껄여 술 분위기만 망쳤구먼. 좋아, 내가 잘못한 일이니 내가 해결함세. 결자해지라 했으니 말이야. 그럼 우리 분위기도 바꿀 겸 2차 가자구. 복중에 숯불구이 먹느라 받은 열도 식힐 겸 늙은 퇴역기자 넋두리 같은 잔소리도 씻을 겸 시원한 맥주 한 잔 하자구. 요 밑에 노래하는 주점이 있는데 여자는 없어. 다만 노래하면서 술 한 잔 하는 거지. 우리 거기에서 분위기 바꿔서 놀아보지 뭐."

5

세 사람이 들어선 노래하는 주점이라는 곳은 그리 크지는 않았지만 아담하고 깔끔한 것이 일본의 어떤 클럽, 일본사람들은 이 클럽이 발음이 안 되어 '구라부'라고 부르는 곳처럼 물씬 일본 냄새를 풍기고 있었고, 그래도 먼저 와 있는 손님이 있겠지 하는 생각과는 텅비어 있었다.

"이 집 주인이 일본에서 몇 년 지냈나봐. 그 곳에서 보니까 나름대로 장사가 잘 되는 것 같아서 얼마 전에 개업을 했다는데 생각보다는 영 아닌가 보더라구."

안명수의 설명을 들으며 들어서는데 곱상하게 생긴 중년에 가까운 여인이,

"어머, 안 기자님. 어서 오세요."

하며 반갑게 맞이하자 안명수는,

"기자 짤린지가 언젠데 여태 기자야. 이미 물 건너간 얘기올시다."

마치 남의 얘기하듯 받아넘기고 있었다.

안명수를 기자라고 부르는 것을 본 최성종이,

"전부터 아는 사이세요?"

하고 묻자,

"아냐. 이 집 개업하고 얼마 안 되어 대학 동창 녀석이 와서 이곳에 왔는데, 그 녀석이 공연히 내가 민완기자로 이름을 날리던 안명수라고 헛소리를 해 놓는 바람에 일이 그리된 것이지. 민완기자는 뭔 놈의 민완기자. 그저 되도 않는 글을 써서 독자들의 판단만 흐려 놓던 민폐기자지."

"참, 형님두. 형님이 왜 민폐기자예요? 정론을 펼치고 싶어도 펼칠 수 없는 현실 앞에서 붓을 꺾은 게 민폐기잡니까? 정말 사실도 아니요, 말도 안 되는 광고 기사 써 제끼고 뒷돈이나 챙기는 기자도 엄연히 존재하는 세상인데."

최성종이 반색을 하며 안명수의 말을 되받자 안명수는,

"어찌 되었건 현역을 끝까지 명예롭게 마치지 못하고 물러선 패전지장, 아니지 패전기자라고 해야 되나? 뭐 좌우간 그런 나이거늘 유구무언 아닌가? 폐일언하고 여기 맥주나 주지."

더 이상 자신의 이야기는 의미가 없다는 안명수의 말을 뒤로하며 안명수가 시키기도 전에 이미 준비되었던 맥주가 나오자,

"참, 김 기자."

안명수가 김상덕을 부르자 김상덕은 마치 아주 엄하고 무서운 사람이 자기를 부르기라도 하듯이 자세를 바로 하며,

"네."

하고 이등병이 대대장에게 대답하듯 부동자세에 가까운 모습까지 하고는 힘이 바짝 들어간 대답을 했다. 그러자 안명수가 너털웃음을 웃으며,

"아니, 이 사람아 그렇게 바싹 얼면 내가 미안해서 어떻게 자네를 부를 수 있나? 나는 그냥 아무 뜻 없이 부른거구만. 편히 맘먹으라고. 막말로 나는 이제 자네 상관도 아니고 자네가 그렇게 긴장할 아무런 이유가 없는 사람이니까."

그런 안명수가 무색할 정도로 김상덕은 다시 이등병 어투로,

"아닙니다. 한번 상관은 영원한 상관이십니다."

하고 대답하자 안명수는 다시 큰 너털웃음을 웃으며,

"자네 해병대 출신인가? 한 번 어쩌고 하는 것은 그쪽 친구들이 주로 쓰는 말 아냐?"

"아닙니다. 육군 병장 출신입니다."

김상덕의 말투가 고쳐지지 않자 안명수는 빙그레 웃으며,

"요즈음도 저런 젊은이가 있기는 있구면. 좋아, 당장은 그런 태도가 자네한테 편하다면 차츰 부드러워지기로 하고, 자네 노래하려나? 이곳은 생음악은 아니지만 그래도 웬만한 곡은 다 준비되어 있어. 자네 옆에 있는 그 책에 있는 노래를 고르면 되거든. 그냥 노래방에 왔다고 생각하면 될 거야."

"잘은 못하지만 선배님께서 하라고 하시니까 한 곡 해보겠습니다. 잘 못하더라도 흉보지 마십시오."

김상덕이 노래를 고르며 양해를 구하자,

"당연히 잘못 하는 게 정상이지. 아, 자네가 노래를 아주 잘하면 뭐 하러 밤낮 가리지 못하고 제 때 밥도 못 챙겨 먹는 기자하겠나? 가수하지. 대중의 서포트에 싸여 열광하는 관중들을 보며 환희에 휩싸이는 가수하지. 자네 키도 크고 미끈하게 생겨서 노래만 웬만큼 하면 인기도 꽤 좋을 것 같구만."

안명수의 칭찬 반 농담 반 섞인 이야기를 들으며 김상덕은 곡을 하나 골라 주인 여자에게 건네주었다. 그러자 주인 여자는 메모지를 받아 보고는,

"역시 젊은 분이라 다르네요. 이 곡 나온지도 얼마 안 되고 우리 집은 오늘 반주곡으로 입력한 건데. 한동안 안 오던 반주기계 관리자가 크게 입력시킬 것은 없어도 지나는 길이라 들렀다며, 딱 이 노래 한 곡 입력하고 갔는데."

"그래? 도대체 무슨 곡이기에 사장님이 저리도 칭찬이 자자하신가?"

주인 여자의 조금 호들갑스런 칭찬에 안명수가 궁금해 하며 묻자,

"〈도라산〉이라는 곡입니다. 얼마 전에 나온 노래입니다. 가사도 괜찮고 마침 최 선배님께서 모레 북으로 취재 가신다기에 골라 본 것입니다."

"도라산? 벌써 그런 곡이 나왔어? 하기사 대중가요라는 것은 대중이 필요로 할 때 나와 주는 것이 그 가치를 더 해주는 거니까. 아주 적시에 때 맞춰 나와 주었구면."

안명수의 말에 배경음악을 깔듯 전주곡이 나오자 김상덕이 마이크를 잡으며 자리에서 일어났다.

천년 역사 뒤로 한 채 올라 선 도라산
경순왕 눈물 흘러 이룬 시내는
굽이굽이 흘러흘러 한반도 허리자락 임진강에 이르나
누구도 반기지 않아 가장자리만 맴도네.
그것도 인연인가?
왜 하필 남북 철도 여기서 동강났나?

조국 광복 육십 년에 올라 선 도라산
북쪽에 두고 온 고향 산천 그리워
하염없이 흘러내린 눈물이 내를 이뤄 임진강에 이르나
임진강 건널 수 없어 가장자리만 맴도네.
언제나 이어지려나?
여기서 동강나버린 남북의 허리여.

발라드풍의 구성진 가락은 마치 트로트처럼 들릴 수도 있는 조금은 슬프게 느껴지는 곡이었다. 김상덕이 노래를 마치자 안명수와 최

성종이 크게 박수를 치며 안명수가,

"자네 가수해도 되겠네. 이 사람아, 그게 못하는 노래면 다른 사람들은 어떻게 노래를 하라는 건가? 자네 정말 가수로 직업 바꾸지 그래?"

하며 빙긋이 웃자 김상덕이 머리를 긁적이며,

"부끄럽습니다. 선배님도 한 곡 하시지요?"

하며 안명수도 한 곡 할 것을 권하자 최성종이,

"안 선배님은 책보고 고를 것도 없어. 눈물 젖은 두만강이야. 두만강에서 노 젓는 뱃사공을 다시 볼 수 있는 통일되는 날만 고대하시는 분이시거든. 원래 신문사 현역 시절 때부터 그 노래 한 곡만 딱 하시는 분이야."

그 말에 답이라도 하듯 주인 여자는 눈물 젖은 두만강 반주를 틀었고, 안명수가 마이크를 잡았다.

두만강 푸른 물에 노 젓는 뱃사공

흘러간 그 옛날에 내 님을 싣고

떠나간 그 사람은 어디로 갔나

그리운 내 님이여,

그리운 내 님이여,

언제나 오려나

강물도 달밤이면 목메어 우는데

님 잃은 이 사람도 한숨을 지니

추억에 목메인 애달픈 하소연

그리운 내 님이여 그리운 내 님이여

언제나 오려나

임 가신 강 언덕에 단풍이 물들고

눈물진 두만강에 밤새가 울면

떠나간 그 님이 보고 싶구나

그리운 내 님이여 그리운 내 님이여

언제나 오려나

안명수가 노래를 마치고 자리에 앉자,

"가수는 제가 아니라 선배님께서 하셔야겠네요."

하며 안명수를 바라보자,

"나? 이건 내가 삼십년을 넘게 이 노래만 불렀으니 저절로 그리된 것일 뿐이야. 내가 아는 노래라고는 딱 이거 하나거든. 정말 내가 죽기 전에 두만강에서 노 젓는 뱃사공 보려고 자유롭게 갈 수 있는 통일이 되기는 되려나?"

안명수의 눈에는 이슬마저 맺히고 있었다.

6

　　최성종이 왼팔에 '취재'라고 또렷이 쓰인 완장을 차고 버스에 오른 것은 오전 7시 30분이었다.

　취재를 위해 북에 가는 것이 처음도 아닌데 마음이 무어라 표현할수 없는 야릇함에 사로 잡혀 있었다. 처음 북한 취재를 명받고 북한에 가기 위해 준비를 할 때 이상으로 흥분이 된다고 할까? 아니 흥분이 된다기보다는 무엇인가 가슴 한 구석에 자리 잡은 채 풀리지 않는 수수께끼처럼 그 자리를 비워주지 않고 있었다.

　겨우 2박 3일 일정으로 가는 북한인데 마치 몇 년, 아니면 몇 십년 일정으로 떠나는 곳보다 더 멀고 힘들 거라는 생각이 드는가 하면 무엇을 해야 하는지 조차 안절부절 하게 만들었던 어제 하루만보아도 이번 취재가 무엇이라고 꼬집을 수 없는 야릇함이 자신을 감싸오고 있음을 느끼고 있었다.

엊그제 안명수를 만났을 때 들은 이야기가 어제 하루 종일 머리를 맴돌며 끈질기게 자신을 쫓아다니면서, 잊으려고 해도 잊혀지거나 떨어져 나가는 것이 아니라 오히려 더 또렷한 모습으로, 마치 뮤직 비디오라도 보듯이 생생한 모습 그 자체로 머릿속에 자리 잡고서는 하루를 허둥거리게 하더니, 지금 이 자리에까지 자신과 동행하여 온 까닭도 있으나, 꼭 그 까닭이 자신의 기분을 야릇하게 하는 전부는 아니었다.

무언가 자신을 자꾸 흥분되어 상기되도록 부추기고 있었는데 그 것이 무엇인지는 알 수가 없었다.

어제는 김상덕 역시 무언가 불안한 듯 보였고, 자꾸만 딴 생각을 하는 것 같으면서 굳이 취재거리를 찾아 나설 생각도 하지 않는 것 같았다. 흡연실에서 잠시 만났을 때,

"자네, 취재 안 나가?"

하고 최성종이 묻자,

"글쎄요? 오늘은 특별히 취재를 의뢰 받은 것도 없고 취재를 할 곳도 없는 것 같아요. 그러나 저러나 뒤통수를 얻어맞은 것 같아서요. 어제 술도 별로 안 마셨고, 그것 때문에 오는 두통이 아니라 그 뭐랄까요? 신체적이나 물리적인 아픔이 아니라 그냥 퀭한 것이 무엇으로 세게 얻어맞은 것 같아요."

옆에서 같이 담배를 피우던 동료인 박 기자가 김상덕의 말을 듣더

니,

"두 분 어제 뭐 쇼킹한 일 있었어요? 특종 감이면 같이 좀 알죠?"
하면서 궁금해 하는 것을 최성종이 입막음이라도 하듯이,

"특종 감이면 이러고 있겠나? 벌써 그곳으로 날랐지?"
하고 더 이상 말을 안 하려는데,

"글쎄요? 특종인지 아닌지는 모르지만 좌우간 선배님과 김 기자 둘이 뭔가는 있어요. 아침부터 내가 무언가 이상하다고 생각했으니까요. 선배님도 그렇고 김 기자도 왠지 안정이 안 된 듯 보이거든요? 내가 잘못 보았는지 모르지만…."

박 기자는 대답은 안 해주어도 좋다는 듯 그 말을 남기고 흡연실을 나갔다. 박 기자가 흡연실을 나가자 최성종이 김상덕을 보며,

"어제 안 선배님 말씀 너무 깊이 묻어 두지는 마. 노 선배님 입장에서 이런 저런 경우의 수를 말씀하신 거니까 앞으로 혹시 자네가 그쪽 취재를 할 기회가 오면 취재 방향을 설정할 때 그런 경우도 배제하지 않는 정도로 새기는 것이 좋을 거야. 꼭 그렇지도 아니지도 않은 것은 확실하니까. 하지만 너무 그 방향만 쫓으면 자칫 방향을 잘못 잡아 사건 전체를 잃을 수도 있어."

김상덕이 고개를 끄덕이며,

"예, 잘 알겠습니다."
라는 대답을 하고 밖으로 나가자 최성종은 다시 담배 한 개를 꺼내 물고 불을 붙였다. 정작 김상덕에게는 말을 그렇게 하고도 자신은 그 말의 뒷꼭지를 놓지 못하고 있었다.

취재기자 일행을 태운 버스가 8시가 되어 미끄러지듯 출발하자 최성종은 눈을 감았다. 잠을 자려고 해서가 아니라 설령 잠이 들지는 않더라도 눈이라도 감아야 편해질 것 같아서였다.

눈을 감은 채 최성종은 잠시 무엇인가라도 생각을 해야할 것 같았지만 그것이 무어라고는 집을 수 없었다. 다만 지금 이 상황과 현실에서 생각해 볼 수 있는 것은 지금은 이렇게 특별히 준비되고 그때그때 필요에 의해서 사전에 약속된 버스로 개성이나 평양, 또는 금강산과 백두산을 여행하는데 이제 철로가 개통되어 기차를 타고 다닌다는 것이며, 또 지금은 남쪽에서 북쪽 관광을 다니는 것이 거의 전부이고, 어쩌다 남쪽에 행사가 있어야 남쪽에서 일체의 경비를 부담해 북쪽 관광단을 모셔오듯 데려 왔었는데, 이제는 한 달에 한 번이든 일주일에 한 번이든 정기 노선이 생기면, 북쪽에서도 남쪽으로 관광을 오거나 이산가족을 만나러 온다는 것이 아닌가?

지금 저 앞의 차에는 그 협상을 하러 북으로 가는 협상단이 타고 있고, 나는 그 협상을 취재하려고 지금 이 버스에 앉아 북으로 가고 있는 것이 아닌가?

'참 세상 많이 바뀌었구나' 하는 생각에 까지 이르자 갑자기 한 무리의 북쪽 병사들이 나타나서 춤을 추는 듯한 몸짓을 시작했다. 영어로 크게 지껄이는 외침에, 노래는 분명 아니지만 반복되는 가락을 갖춘 외침에 맞춰 마치 춤을 추듯 발을 구르며 손짓을 하는 동작을 규칙적으로 해대는 것이었다.

최성종은 깜짝 놀랐다.

엊그제 안명수의 이야기를 들으며 한 떼의 무리들이 저렇게 춤을 추는 모습을 상상해 보았는데 지금 그 춤을 자신의 눈앞에서 추고 있는 것이 아닌가? 화들짝 놀라며 저 춤을 빨리 말려야 한다는 생각이 들어 '아냐, 아직은 아냐, 멈춰.' 하는 소리를 지르며 손을 내 저었다.

"최 기자님, 어디 편찮으세요?"
옆자리에 앉아 있던 대한일보의 오정열 기자가 흔들어 깨웠다.
'아, 꿈이었구나. 다행이다.'
최성종은 혼자 중얼거리고는,
"아, 아닙니다. 꿈을 꾼 것 같은데….."
하며 말꼬리를 흐리자,
"편찮으신 데는 없고요?"
오 기자가 걱정이 된다는 표정을 하며 재차 물었다.
"아? 예. 괜찮습니다. 어제 밤에 공연히 잠을 설치는 바람에 나도 모르게 잠이 들어서 꿈을 꿨나봅니다. 그런데 얼마나 온 겁니까?"
최성종이 잠을 깨야 한다는 듯 일부러 커튼을 살짝 걷어 두리번거리듯 밖을 내다보며 묻자,
"꽤 왔어요. 조금만 더 가면 임진각이에요. 그렇지 않아도 증 검사할 때 되었다고 깨우려던 참이었는데."
임진각이 다 와 간다면 많은 시간을 잔 것이다. 적어도 한 시간 이상을 잤다는 얘기다. 그 한 시간 동안 최성종은 미국이 북을 조이는

모습과 북쪽 내부의 개방주의자들이 때는 이때다 하며 그 소리에 발맞춰 함께 동조하는 모습을 보며 헤매고 있었던 것이다.

경의선 도로 남북 출입사무소에서 증 검사를 위해 얼마간을 지체한 버스가 다시 출발하여 회담 장소이자 숙소인 개성의 모란장 호텔에 도착한 것은 불과 채 한 시간도 지나지 않아서였다.

"각자에게 배당된 호텔 방에 짐을 풀고 휴식을 취하다가 12시에 점심식사 시간이 시작되면 각자 편한 시간에 식사를 하시고, 오후 2시에 3층 대회의실에서 회담을 시작할 예정이니 그리로 취재를 오시면 됩니다."

라는 남쪽 안내원의 말을 듣고 일어서서 짐을 챙기면서,

"12시에 점심 식사, 오후 2시에 대회의실이라?"

일정표에도 나와 있고, 또 조금 전 남쪽 안내원이 친절하게 안내를 해준 덕분에 누구라도 알고 있는 일이었으나 최성종은 이제까지 머릿속을 가득 채운 끄트머리를 잡을 수 없는 생각으로부터 자신을 해방시켜 취재에 열중해야겠다는 각오라도 하듯 혼잣말이라고 하기에는 큰 목소리로 중얼거리고 있었다.

7

    모란장 호텔 앞 넓은 주차장에 주차한 버스에서 내리며 최성종은 옆에 선 오 기자와 함께 주위를 둘러보았다. 사방 어디를 보아도 숲으로 뒤덮인 분위기의 중앙 부위에 살포시 내려앉듯이 자리 잡은 모란장은 앞에 넓은 주차장까지 갖춰놓고 있는 모습이 대단위 국제회의를 하기 위하여 일부러 이런 한적하고 아름다운 경관 속에 자리 잡고 있는 것 같았지만, 사실은 밤이면 전기도 켤 수 없어서 암흑으로 변하는 시내 경관과 격리시키자는 목적도 다분히 계산되었다는 생각을 하며 최성종이 주변 경관을 둘러보고 있는데,

"그런데 왜 이렇게 경비병이 많죠?"

버스에서 내려 같이 주변을 둘러보던 오 기자의 말에 최성종도 다른 시각으로 주변을 다시 둘러보았다. 같은 시각에 같은 버스에서 내려 같은 시간에 주변을 살폈는데 최성종은 주변 경관을 보며 다른

생각을 하는 동안 오 기자는 다른 시각으로 경비병을 살펴보고 있었던 것이다.

"글쎄요? 그러고 보니 오늘따라 유난히 경비병이 많네요. 우리의 안전을 지켜 주려고 이렇게 수를 늘린 건지, 아니면 우리 같은 기자들이 다른 곳을 기웃거릴까봐 감시하는 것인지는 모르겠지만, 한적하고 아름다운 곳에 우리를 가두다시피 하고는 주위를 철저히 감싸는 군요."

최성종도 어깨에 멘 가방을 출석 거려 정리하며,

"이번에는 공연이나 관광 일정도 없이 그저 빼빼하게 2박 3일 회담 일정만 잡혀 있던데…. 아마 그 참에 철저히 우리를 봉쇄할 생각인가 보죠 뭐."

하며 연신 주변의 경비병들을 훑어보던 최성종의 눈에 무언가가 들어왔는지 깜짝 놀라는 표정을 지으며,

"저, 저건…."

"왜요? 최 기자님. 뭐 보셨어요?"

"저, 저기…. 저 친구가?"

자기도 모르게 손가락질을 하는 최 기자가 가리키는 곳을 보던 오정열 기자는,

"저기라뇨? 어디요? 최 기자님이 가리키시는 곳에는 북쪽 인민군밖에 없는데요?"

십여 미터 앞에 인민군 대좌가 있고, 그 옆에 보좌관인 듯한 사람과 그 앞에서 무언가를 보고하는 병사 두 명, 도합 네 명의 인민군이

서 있는 바로 그곳이었다.

"그래. 바로 저 인민군 대좌… 저 친구 류영수 일거야."

"류영수라뇨?"

"글쎄 그건 나중에 얘기하기로 하고 오 기자님, 나는 지금 뭔가 홀린 것 같아 판단이 서지 않아서 그러는데 오 기자가 저 인민군 이름표 좀 보고 올 수 있겠소?"

최성종은 약간은 떨리는 목소리로 오 기자에게 부탁하고 있었다. 오정열 기자는 최성종보다는 서너 살 아래지만, 서로 다른 신문사에 근무하는 지라 최성종도 완전히 하대를 할 수는 없고 그저 가끔 말을 높여주는 정도의 예를 갖추었고, 오 기자는 항상 깍듯이 예를 갖추는 관계였다.

비록 회사는 다르지만 양쪽 신문사의 같은 부서에서 각각 십여 년 이상을 근무하다 보니 서로를 존경하며 아끼는 사이였고, 취재 현장에서 만나도 같은 사건을 다루는 다른 신문사 기자들보다는 서로가 잘 통하는, 말하자면 어떤 정보를 공유하기도 하고 교환하기도 하는 막역한 사이였다.

그 뿐만 아니라 회사 동료들과는 별개로 둘이 술자리를 하며, 각자 회사의 데스크 욕이며 사장 욕까지 섞어 스트레스를 풀기도 하면서, 십여 년을 지내온 터이기에 어쩌면 이런 부탁을 하기에는 회사 내 어떤 동료보다 오히려 편했다.

"그러죠 뭐. 사진 찍고 취재하려는 척 하며 접근하죠. 안 된다고 취재를 거절하면 이름표만 보고 오면 되니까요."

　오 기자는 이유는 나중에 알아도 되니까 우선은 최성종이 궁금해하는 것을 해결하자는 뜻을 비치며, 인민군 넷이 있는 쪽을 향해 카메라를 들썩이며 다가갔다. 예상대로였다. 인민군 대좌 옆에 있던 보좌관인 듯한 자가 힐끔 오 기자를 보더니 앞에서 무언가를 보고하는 자들에게 말을 건넸다. 그러자 두 사람이 돌아서서 손을 저으며 취재를 거절하는 신호를 보내며, 오 기자 쪽으로 걸음을 떼기 시작했다.

　오 기자는 알았노라고 고개를 끄덕이는 척하며 얼른 인민군 대좌의 이름표를 보았다. 이름표 위에 새겨진 또렷한 세 글자.

　〈류 영 수〉

　류영수가 맞았다. 순간 오정열 기자는 십여 미터 떨어진 최성종 쪽으로 머리를 돌려서 바라보며 최성종에게도 들릴 정도의 목소리로, 그러나 류영수에게는 더 또렷이 들릴 크기의 목소리로 소리쳤다.

　"중앙신문 최 성 종 기자님. 이 분들 인터뷰는 안 된다는데요? 나중에 최 성 종 기자님께서 부탁해 보시죠?"

　최성종이라는 세 글자에 유독 힘을 주고 또박또박 두 번이나 소리치며 류영수를 흘낏 쳐다보자 류영수의 눈이 순간 빛을 발하며 최성종이라는 세 글자를 또렷이 읽고 있다는 것을 느낄 수 있었다.

　그것도 중앙신문 최성종 기자라는 단어 속의 최성종이라는 세 글자에 또렷이 맥을 짚고 있었다. 오 기자의 외침을 신호 삼아 최성종은 이쪽으로 다가오고 있었고, 최성종이 다가오는 모습을 류영수는 또렷이 쳐다보다가 점점 눈이 커지고 있었으며, 그 눈은 놀람에서 반가움으로 바뀌어 갔고, 반가움을 가득 안은 눈에는 얼핏 반짝이는 이슬마저 맺히고 있었다.

다가오는 최성종의 눈도 이글거리는 것 같으면서도 짙은 그리움이 휘감은 반가움으로 가득 차 타는 듯이 반짝이며, 입은 무언가 얘기를 해야만 하는 듯 움찔거리고 있었지만 주변의 많은 눈들을 의식해 차마 말은 못하고 그저 눈에 반짝이는 이슬로 대신 말을 하고 있었다. 심장이 멎어도 좋을 정도의 반가움은 눈을 이글거려 타오르게 하고 입을 움찔거리게 했지만 아무 얘기도 할 수 없는 그냥 반가움이었다.

최성종이 다가왔을 때 류영수 옆에 서 있던 인민군 상위가,

"기자 양반들. 취재는 회담장에서만 허용되는 것이라요. 우리 경호대 취재는 원칙적으로 안 되는 것을 잘 아시지 않습네까?"
하며 두 사람에게 돌아가라고 손짓을 하자, 그 손짓에는 상관치 않고 류영수가 누구 특별히 들으라는 대상도 없는 듯 말하였다.

"숙소 내 경비 순찰이 오후 8시라고 했나? 오늘은 첫날이고 하니 내가 직접 돎세."

그러나 말을 하고 있는 눈은 최성종을 향하고 있었고, 최성종도 모든 것을 알아들었다는 듯 눈을 꿈벅이며 대답하는데, 한 방울 눈물이 흐르다가 반짝이는 햇볕을 받아 영롱하게 빛났다. 얼른 한 손으로 눈을 부비고 반대 손으로는 오 기자의 손을 잡으며,

"가지, 오 기자. 공연히 안 되는 취재하려다가 서로 불편하고, 또 숙소에 우리만 늦게 들어가는 것도 그러니까 우리 다음 기회를 보기로 합시다."

오 기자는 최성종이 잡은 손에 이끌려 가는 척하며 호텔 현관을 향했다. 그러나 그 둘이 걸어가는 모습을 자세히 보면 오정열이 최성종의 손에 이끌려 가는 것이 아니라 최성종이 오정열의 한쪽 손에 자신을 의지하여 지탱하며 가고 있다는 표현이 옳은 그런 모습이었다.

류영수라는 것을 알아차린 순간에는 온몸이 심장부터 얼어붙는 듯하여 차마 걸음을 뗄 수 없었기에 오 기자에게 부탁해서 '류영수'인가를 확인해 달라고 했었는데, 막상 류영수임이 확인되고 가까이 다가가 그 얼굴을 자세히 보고 난 후부터는 다리마저 후들거리며 떨리는 것을 어찌 할 수 없어서 살며시 오정열의 손을 잡았던 것이다.

최성종은 도저히 발걸음이 떨어질 것 같지 않은 후들거림을 참으며 오정열에게 의지한 한쪽 손에 힘을 주어 몸무게가 실리도록 하고 오정열이 끄는 대로 끌려가고 있다는 표현이 가장 적당한 표현이리라.

"최 기자님. 지금 떨고 계세요? 무슨 사연이라도…"

오정열은 삼복더위에 최성종이 떨고 있는 것이 서로 잡은 손 하나를 통해 전해져 오는 것을 느끼고 걱정스레 물었다. 최성종은 대답할 기운도 없다는 듯 그냥 고개를 가로저어 아무것도 묻지 말라는 것인지, 아무것도 아니라는 것인지 알 수 없는 표정으로 대답을 대신할 뿐이었다.

　오정열도 지금은 아무것도 묻지 않는 것이 최성종을 도와주는 것이라는 것을 느끼고는 아무 말 없이 최성종을 잡은 한 손에 힘만 꼭 주어 부축하듯 그 손을 지탱해 주었다.

8

취재기자단 숙소는 4층에 배정되어 있었다. 최성종은 오 기자와 같은 방에 배정되어 올 때 버스에서도 옆자리에 앉아 온 터라 함께 방에 들어서서 짐을 풀었다. 짐을 정리하면서도 최성종도 오 기자도 입을 열지 않았다.

오 기자는 분명 최성종과 류영수 사이에 무엇인지는 모르지만 사연이 있다는 것은 충분히 알 수 있었고, 또 그 사연이 결코 나쁜 사연이 아니라는 것, 그리고 그 사연은 아주 크고 가슴이 저린 그런 사연임을 아까 최성종과 류영수의 눈에 맺혀 보일 듯 말 듯 흐르던 이슬보다 영롱한 한 방울 눈물로 알 수 있었다.

그러나 그 궁금함을 전혀 표현하지 않고 묵묵히 입을 다문 채 머릿속으로 도대체 남의 기자와 북의 인민군 대좌가 언제 만나서 어떤 연을 맺었기에 눈물이 흐를 정도의 사연을 가졌을까 하는 생각을 하며 짐만 풀었다. 그러나 몇 가지 가정을 해 보아도 알 수가 없었다. 최성종이 몇 번 북으로 취재를 왔다지만 그때마다 오 기자가 동행을 했는데 그때는 아니었다. 그렇다면 따로 북에 왔던 경험이 있거나 류영수인가 하는 그 인민군이 남에 왔었어야 하는데 그것은 현실적으로 불가능한 일이다.

그렇다고 최성종의 나이가 많아서 6.25동란 이전부터 알던 사이라면 모르지만 그것도 아닐 것이고, 혹시 최성종의 부모님이 이산가족이라 그쪽과 연계된 이종, 혹은 고종 사촌 관계의 뭐 그런 것은 아닌가도 생각해 보았지만 그렇다면 그렇게 한 눈에 알아볼 수도 없을 뿐더러, 인척 관계라는 것만 가지고 대번에 눈물까지 흐른다는 것은 좀 무리인 듯 싶었다.

그러나 두 사람의 눈에서 빛나던 그 그리움과 이글거림은 확실히 그 무엇이 있는 그리움이지 단순히 그런 인척 관계는 아니었다. 그렇다면 도대체 무엇이란 말인가? 아무리 생각을 해봐도 알 수가 없었다.

"30분 후에 식당에서 점심이네요?"

두 사람 모두 짐 정리가 끝나고 침대에 걸터앉자 오 기자는 정작 묻고 싶은 류영수 얘기는 접어두고 점심 얘기를 꺼냈다. 무엇이라도 얘기를 해야 피부로 느껴지리 만큼 그리움과 반가움이 뒤엉켜 한껏 부풀대로 부풀어 있으면서도 아주 적막한 이 공기를 잔잔히 흐르게 할 수 있을 것 같아서였다. 그 마음을 그대로 읽은 최성종이 입을 열었다.

"오 기자, 류영수가 누구인지, 아니 그보다는 내가 류영수를 어떻게 첫 눈에 알아보았으며 나와 류영수와의 관계는 어떤 것인지 궁금하죠? 알고 싶어도 차마 나에게 질문을 못할 뿐이죠?"

오 기자는 그렇게 얘기하는 최성종을 바라보며 그냥 아무런 말도 하지 않았다. 다만 궁금증 가득한 눈이 그렇다고 대답할 뿐이었다. 그러자 최성종은 오 기자의 궁금증을 풀어주기 위한 것인지, 아니면 자신의 가슴 가득히 쌓인 그리움에 대한 한을 풀기 위해서인지 이야기를 시작했다.

지금부터 한 스무 해쯤 전의 일이죠. 내가 처음 중앙신문에 입사했을 때니까. 중국어과를 졸업하고 공채에 합격한 나는 비록 국교 정상화가 이루어지지는 않았지만 민간 교류는 이루어지고 있던 중국 본토에서 취재할 기자도 필요했고, 또 곧 국교 정상화가 이루어질 것을 대비해서 회사측의 배려 반, 필요 반에 의해 유학을 떠났어. 물론 유학을 떠나는 조건은 그곳에서 취재기자로 특파원 역할을 겸해야 했고….

공부도 하고 취재도 해야 하는 그런 이중생활이었지만 그때만 해도 아직은 국교 정상화가 되지 않아 정식 특파원 쪽보다는 학생 쪽에 가까웠고, 취재 영역에도 제약이 있어서 정치 행사보다는 사회, 문화 행사 중 허락되는 곳만 취재하다 보니까 일도 그리 많지 않아서 엄밀히 말하자면 회사의 앞날을 본 투자라고 할 수도 있었지.

북경대학에 입학한 나는 기숙사에 입소하게 되었는데 외국인 학생이 꽤나 많다는 것에 처음에는 놀랐지. 국교를 맺지 않은 나라에서 이미 많이들 와 있더라고. 물론 개중에는 나처럼 단순히 공부를 하기 위해서가 아니라 공부 이외의 목적을 덧붙여서 온 사람들도 더러는 있었지만….

다음에 내가 놀란 것은 나와 똑같은 피를 가진 한 민족이 한 사람 더 있다는 것이었어.

북에서 온 친구.

지금이야 이렇게 남과 북이 만나 얘기도 하지만 그때는 외국 출장이라도 가려면 안보교육을 받아야 출국이 허용되던 때였어. 물론 그 말을 곧이 곧대로 믿는 사람은 없었지만 안보교육에서 하는 얘기는 해외에서 만나는 북쪽 사람은 대부분이 우리를 좌경화 시킬 수 있는 공작원 수준의 사람들이니 북쪽 사람을 만나면 섣불리 대화하지 말라는 거였지. 게다가 북쪽 사람을 만난다거나 TV에서조차 보는 일이 쉽지 않은 때이다 보니 북에서 온 친구가 마냥 신기할 수 밖에 없었어.

내 방은 203호였고, 그 친구 방이 205호로 배정 받은 사실도 신기했지. 처음에 나는 그 친구와 얼굴이 마주치면 반가워 인사를 했지만, 그 친구는 보통 냉담한 게 아니었어. 같은 날 기숙사에 입소해서 3일인가 있다가 개강을 하게 되었는데 그 3일 동안 차라리 외국 친구들과는 대화도 하고 중국 친구들과는 중국어도 습득할 겸 일부러 많은 이야기를 했는데 유독 그 친구는 얼굴만 마주쳐도 날 피하는 거였어.

　물론 나 역시도 북쪽 친구라는 사실 이외에는 특별히 그 친구에게 다가가야 할 어떤 이유도 동기도 없었기에 쉽게 다가가지 못한 것이 사실이지만, 나는 안보교육을 받고 출국을 했던 어쨌든 간에 내 핏줄을 이곳 북경대학에서 만났다는 사실 하나만으로도 반가워 죽겠는데, 그 친구는 나만 만나면 의식적으로 무슨 벌레 만난 듯 하는 거야. 그저 같은 민족이라고 생각만 해도 반가워해야 할 나를 제외한 다른 나라 사람들과는 얘기도 잘 하면서.

　처음에는 더럽고 치사하다는 생각도 들었지만 3일인가 지나 개강을 했는데 글쎄 강의실에 들어가 보니 그 친구도 그 강의실에 앉아 있는 거야. 어찌나 반가운지….

　그때 나는 중국어와 중국 문화에 더 접근하는 것이 목적이었기 때문에 중국 문학을 전공하러 갔는데 그 친구도 전공이 중국 문학인 거야. 더럽고 치사하다는 생각이 언제 들었나 싶게 왜 그리도 반가웠던지. 온통 외국 민족만 있는 큰 강의실에 한민족 둘이 있다는 것이 어찌나 반가운지 나는 기뻐 죽겠는데 그 친구는 아는 척도 않는 거야. 아는 척은커녕 원수 보듯 하지 뭐야.

　나도 내심 이해는 할 수 있었지. 북에서도 외국에서 어쩌다 남쪽 사람을 마주쳐도 얘기도 하지 말고 지나치라고 교육을 한다는 것을 알고 있었으니까. 뿐만 아니라 남쪽에 비해서는 훨씬 북쪽이 그 강도가 심하고 심지어는 남쪽 사람과 말이라도 한마디 했다가는 간첩 혐의 뒤집어쓰고 형장의 이슬로 사라질 수도 있다는 것을 들어서 알고 있으니까. 그러나 그렇다 손치더라도 그 친구가 그렇게까지 나를 적대시 할 필요가 있을까 하는 생각을 하면 야속하기도 했지.

막말로 여기서는 보는 사람도 없고 감시 받을 일도 없는데 말이야. 더욱이 강의실에서는 그렇다 손치더라도 숙소에서까지 나를 그렇게 외면해야 하는가? 그러나 나는 그 친구가 그렇게 하기에는 자신도 힘들 것이라는 생각에 미워하던 감정은 어느 사이엔가 동족에 대한 안타까움과 동족에 대한 연민이랄까 뭐 그런 감정이 되어 미워하기보다는 오히려 안타깝더라구.

그렇게 한 달 반 정도가 지난 뒤였어. 나는 내심 그 친구가 언젠가는 모든 사상의 개념을 떠나 단순한 동족으로 자기를 대해 주고자 하는 내 마음을 이해하고, 자기 역시 나를 단순한 동족으로 대해 줄 날이 올 것이라고 생각하며 때만 기다리고 있었는데, 마침 본사에서 특별취재 명령이 내려와서 취재를 다녀오느라 3일을 꼬박 강의에 참석하지 못한 채 돌아온 날 저녁. 기숙사 휴게실에서 무엇인가를 혼자 생각하고 있는 그 친구에게 다가가서 말을 걸었지.

"지난 3일 동안 필기한 것 좀 보여주시겠습니까? 내가 3일이나 강의를 못 들었는데…. 그리고 혹시 과제물이나 보고서 제출할 것은 없었나요? 그런 것도 있으면 좀 알려 주시고요."
하고 말을 건넸더니 그 친구 다짜고짜 아주 퉁명스런 말투로,

"왜 그런 것을 나더러 해 달라는 거요? 다른 동무들도 많은데…"
라며 쳐다보지도 않고 그 말만 툭 던지는 거야 글쎄. 그래서 내가 차

분하고 진지한 목소리로 다시 말했지.

"류영수 씨. 나는 그래도 우리 둘은 같은 민족이니까 더 편해서 부탁하는 것입니다. 외국 사람에게 부탁하는 것보다는 류영수 씨가 같은 민족이라 더 편해서. 물론 이 곳에 같은 과 학생은 많아요. 중국 사람도 있고 불란서 사람도 있고. 그래도 우리는 한민족으로 같은 언어를 쓰는 같은 민족 아닙니까? 비록 지금이야 서로 얼굴을 붉히는 사이가 되어 있지만 같은 민족에게 흐르는 그 피를 어찌 속일 수 있다는 말입니까?"

그런 나의 말에도 류영수는 고개 한 번 돌리지 않은 채 여전히 퉁명스런 말로 툭 한 마디 던지는 거였어.

"같은 민족? 남쪽은 미제가 점령한 미제 앞잡이들이지, 같은 민족은 무슨 같은 민족?"

순간 나는 온몸에 전율이 일 정도로 무서운 생각마저 들었지. 미제 앞잡이지 무슨 같은 민족이냐는 그 말이 머리끝부터 발끝까지 타고 내려오며 같은 민족이기를 거부하는 저 북의 지식인이 있는데 과연 우리 민족이 언젠가는 하나가 될 수 있을까 하는 생각도 들었지만, 그 보다는 남쪽을 온통 미제의 앞잡이로 몰아 아예 대화 자체를 거부하는 그 모습이 무섭다 못해 살의마저 감도는 살벌하다는 표현이 맞을 정도로 단호했고, 미제 앞잡이라는 단어에는 증오가 가득찬 목소리였거든.

그러나 순간 나는 또 다른 생각도 했지. 만약 이 순간에 화가 나고 자존심 상한다고 그깟 빨갱이 새끼 하나 안보면 그만이라고 여기서 입을 다물고 자리를 뜬다면, 아마 저 친구와 나는 영영 대화 한마디 할 수 없는 관계로 끝이 날거라는 생각 말이야. 그래서 나는 꾹 참고 다시 차분한 마음으로 가다듬은 뒤 말을 건넸어.

"그렇지는 않습니다. 남쪽 백성 모두가 미제의 앞잡이도 아닐뿐더러, 나도 원래 우리 아버님 고향은 북쪽이요. 황해도 은률군 시골이라고…."

내가 고향을 이야기하자 그 친구의 눈이 번쩍이는 것을 순간적으로 포착한 나는 고삐를 늦추지 않았어.

"미제의 앞잡이는 정치하는 사람들과 사업하는 사람들 중 목에 풀칠하기 위해서라는 명목으로 몇 명이 그런 사람이 있을지는 모르지만, 남쪽사람 대다수, 아니 전부에 가까운 사람들은 미제의 앞잡이가 아니라 떳떳한 한민족임을 자부하며 살고 있소이다. 떳떳한 자주 독립국가의 백성이란 말이오."

그러나 그 친구는 자주 독립국가 어쩌고 하는 내 말에는 관심도 없는 듯,

"원래 고향이 은률 시골이라고 했소? 동무."

하고 묻기에,

"맞습니다. 황해도 은률 시골. 아버님이 젊으셨을 때 그곳에서 할아버님과 할머님이 왜놈 순사에게 불경스레 굴었다는 죄의 명목을 뒤집어쓰시고 주재소에 끌려가 매를 맞고 나오신 후 후유증으로 달

포를 앓으시다 모두 돌아가셨답니다. 그것이 억울해서 류자 병자 권자 쓰시는 친구 분과 문제의 왜놈 순사를 죽도록 팬 후, 그 순사 놈은 죽었는지 살았는지 확인할 겨를도 없이 두 분이 밤을 새워 구월산으로 도망쳤답니다.

며칠을 숨어 지내다가 들리는 소리에 그 왜놈 순사가 죽었다고 하자 아버님과 친구 분은 아예 고향을 떠나시기로 했답니다. 친구 분은 고향을 떠나 봐야 딱히 갈 곳도 없으니 만주로 가서 독립군에 투신해 조국 광복을 위해 목숨을 바치시겠다고 만주로 향하셨답니다.

그래도 아버님은 떠나기 전 조금이나마 챙긴 것이 있어서 그 어른께 같이 경성으로 가자고 하셨으나, 그 어른께서는 굳이 자신은 만주로 가서 독립운동을 하시겠다고 하셨답니다. 어쩔 수 없이 아버님은 혼자라도 경성으로 가서 돈을 벌어 독립군 군자금이라도 댈 터이니 반드시 후일 다시 만나자고 굳게 언약을 하고 헤어졌지만 그 이후로는 한 번도 뵙지를 못하였답니다.

다만 아버님은 그나마 경성으로 와서 장사를 그럭저럭 잘 꾸린 덕에 돈도 벌 수 있었고, 그 돈으로 독립군 군자금도 대 가면서 독립군 군자금 모금책 등을 통하여 그 분 소식을 수소문했지만 끝내 소식을 못 듣고 조국이 광복되었답니다. 이미 그때는 아버님도 꽤 재산을 모으신 뒤라 경성을 기반으로 한 사업을 저버릴 수도 없고 해서 고향으로 돌아가시는 것을 포기하셨답니다. 다만 곧 고향에 가서 그 분 소식도 듣고 하리라고 벼르던 중 남과 북은 미국과 소련이라는 외세에 의해 두 동강이 났답니다.

아버님은 결국 그 어른은 뵙지도 못한 채, 6.25동란 후 들리는 소리에 그 분을 뵌 고향 사람이 있다는 이야기만 듣고, 제발 무사히 살아 있기만 바란다고 내게 늘 말씀하시고는 하셨죠."

그런데 내 이야기를 듣던 류영수의 얼굴이 점점 빛나는가 싶더니,

"동무 아버님과 왜놈 순사를 때려죽인 동지가 류자 병자 권자 쓰시는 분이라면 동무 아버님은 최자 인자 명자 쓰시는…."

나도 놀라지 않을 수가 없었어. 류영수의 휘둥그레지는 눈의 의미를 확실히 알 수 있었던 나는 정말이지 너무 놀라서, 놀라서 심장이 멎는다는 소리의 의미를 그 때 알겠더라구. 온 몸에 힘이 쭉 빠지는 것 같아서 그냥 주저앉아 있는 것도 힘이 들어 저절로 몸이 옆으로 기울어 쓰러지는 것 같았고, 앞은 노란건지 캄캄한 건지 순간 아무 것도 보이지를 않더라구.

내가 느끼는 그 심장이 멎을 듯한 놀라움은 류영수에게도 마찬가지였지. 맞은편에 앉아 서로 영원한 적인 줄로만 알고 있던 저 사내가 바로 내 아버님과 함께 미약하나마 민족의 의분 섞인 주먹으로 일본 순사 놈을 때려죽인 목숨을 건 동지의 자식들이라니….

뿐만 아니라 그 놀라움은 이내 슬픔까지 더하고 있었어. 그런 피와 목숨까지 나눈 동지의 자식들이 왜 서로 말 한마디 나눈 적도 없이, 아니 말은커녕 첫 대면을 하는 자리에서부터 원수 취급을 해야만 하는 것일까? 그것도 다른 민족도 아닌, 분명 말도 통하고 피도 같이 흐르는 같은 민족이면서. 조금이라고 하기에는 긴 시간이 흐른

뒤 이제까지와는 전혀 다른 모습으로 변한 류영수가 내 손을 두 손으로 움켜쥐며,

"동무, 우리 아버지가 바로 류병권이십니다."

이미 짐작으로 내 머릿속을 대 여섯 바퀴를 돌았던 그 이야기임에도 불구하고 막상 류영수의 입에서 그 이야기가 나왔을 때, 나는 다시 한 번 천근이나 되는 쇠 덩어리가 가슴위로 떨어지듯 '쿵' 하는 소리와 함께 놀라는 가슴을 어쩔 수가 없었어. 그 '쿵' 하는 소리를 신호로 우리는 누가 먼저라고 할 것도 없이 부여잡았던 손을 놓으며 서로 얼싸안고 온 몸의 힘을 양손에 주어 서로 바스러질 듯 끌어안고 말았어. 마치 둘이 있는 힘을 다해 끌어안다보면 하나의 몸뚱이로 합쳐질 수 있다고 착각을 한 사람들처럼.

여기까지 이야기를 한 최성종은 새삼 그 때의 기억이 새로운지 하늘을 바라보듯 호텔 천장을 쳐다보며 아무 말이 없었다. 오 기자도 더 이상 최성종에게 말을 시키고 싶지 않았다. 아니, 이 상황에서 최성종이 자꾸 말을 하게 한다는 것은 그의 가슴에 남은 어떤 그리움과 한만 키워 쌓이게 할 뿐 전혀 그에게는 도움을 줄 수 없을 것 같았고, 그가 이야기하고 싶은 템포대로 이야기하도록 놓아두는 것이 가장 좋을 성 싶었다.

다만 지금은 누군가 정말 마음을 터놓을 수 있는 사람이 바로 옆에서 이야기를 들어 준다는 것이 더 중요한 것이리라. 그런 생각을 하며 오 기자가 최성종을 바라보고 있자니 그냥 멍한 듯 천장을 쳐

다보던 최성종의 눈은 어느새 그리움이 가득 담긴 회한의 눈빛으로 변하더니 이내 한스런 표정과 함께 누군가 대상없는 원망스런 표정으로 변하면서 한 줄기 눈물마저 볼을 타고 흘러내리고 있었다.

몇 분의 시간이 지났을 즈음 최성종이 오 기자를 보며,
"점심 식사하러 갑시다. 내가 너무 감격한 나머지 공연히 오 기자에게 부담을 안겨준 것 같군요."
하고 애써 굳었던 표현을 풀려하자,
"아, 아닙니다. 부담이라니요? 전 차라리 그런 얘기를 해 주실 수 있을 정도로 저를 믿어 주신다는 게 고마운데요. 저라도 물론 최 기자님 같이 믿음직한 분이라면 제 속내를 털어놓기야 했겠지만, 막말로 북쪽 군 고위 장교가 친구로 있다는 것이 최 기자님 주변에서 여러 사람이 안다면 좋을 것보다는 잘 못하면 구설수에나 오르기 딱 알맞겠지요. 더더욱 북쪽 친구 분 주변에서 남쪽 기자가 친구라는 사실을 안다면 더 좋을 일은 없을 텐데 저를 믿으시고 그 모든 것을 얘기해 주시니 오히려 제가 고맙지요."
오 기자는 진심으로 고마워하며 말을 이었다.
"최 기자님. 지금 제게 들려주신 이야기는 무덤까지 저 혼자 가지고 가겠습니다. 아무 걱정 마세요. 그리고 이제는 아무 것도 궁금하지 않아요. 이야기하시고 싶으면 하시고 아니면 그만 두셔도 궁금할 것 없습니다."
최성종을 편하게 해 주고 싶어 하는 오 기자의 진심어린 이야기에

최성종은,

"고맙소. 어찌 되었든 밥은 먹으러 가자고. 이 호텔 식당의 지정된 식사시간 아니면 어디 가서 사 먹을 수도 없는 입장 아니오? 공연히 나 때문에 애꿎은 오 기자 점심 굶으면 안 되니까. 그리고 나머지 이야기는 이따가 저녁때라도, 아니면 오늘밤에 시간 많으니 내가 천천히 해 드리리다."

최성종의 마음 같아서는 쉬엄쉬엄이라도 이 마음속에 응어리진 모든 이야기들을 누구에겐가, 특히 오 기자처럼 믿을 수 있는 사람이라면 툭 털어놓고 모든 것을 이야기해야 그래도 속이 좀 풀릴 것 같았지만, 밤을 새워도 다 못할 이야기를 공연히 내 마음 편하자고 점심까지 굶겨가며 오 기자를 붙들고 있을 필요까지는 없는 듯 싶어서 먼저 식사를 하러 가자고 제의를 한 것이다.

9

      지금 최성종의 마음에는 밥은 전혀 먹고 싶은 생각이 없다. 아니 밥만 먹고 싶지 않은 것이 아니라 오로지 저녁 8시가 기다려진다. 이십여 년의 그리움과 또 그동안 류영수는 어떻게 변해 있을까를 교차로 생각하다보니 한편으로는 두려운 생각도 들었다.

    이십년 동안 폐쇄된 곳에서 생활하며 지낸 까닭에 처음 북경에서 최성종을 만났을 때 보다 더 경직되어 있으면 어떻게 해야 하나? 그리움이야 서로 앞서겠지만 만일 생각 이상으로 사고가 경직되어 있다면 어떻게 그 경직된 사고를 짧은 시간에 풀 수 있을까? 아니면, 오늘은 그냥 만나는 것에서 족해야 하는가? 20년 만에 만나 서로의 삶을 확인하고 서로의 존재만 확인한 채 또 기약 없는 만남을 남긴 채 그렇게 헤어져야 하는가?

    그런 최성종의 마음을 알기라도 하듯 오 기자가 입을 열었다.

"최 선배님. 여기 점심시간은 두 시까지이고 이제 겨우 열두 시 밖에 안 됐는걸요. 먼저 온 사람들 식사하려면 시간도 걸릴 테니 저희는 천천히 가도 괜찮을 거예요. 공연히 지금 가야 어수선할 텐데…."

왜 오 기자가 그런 이야기를 하는지 더 잘 알고 있는 최성종이 빙긋이 웃자,

"최 선배님 시장하시면 식사하러 가구요. 하지만 제 생각에는 지금 뭐 그렇게 서둘러 가지 않아도 될성 싶어서요."

최성종은 자신의 마음을 읽고 이해해 주는 오 기자가 고맙기도 한 반면 지금 자신의 이 응어리진 가슴도 풀어야겠기에,

"그럼 점심은 나중에 먹기로 하고 이야기나 계속 할까?"

최성종은 눈을 지그시 감고 북경생활을 회상하며 말을 이어갔다.

그 이후로 우리는 서로 가끔은 사상이나 살아온 관습이 상이해서 오는 사소한 오해를 제외하고는 아무런 허물없이 지낼 수 있었지. 물론 가끔씩 돌출되는 이해 못할 부분도 없을 수가 없던 것은 사실이야.

아주 어려서 전혀 아무것도 기억하지 못하는 시절을 제외하고라도 무려 이십여 년을 완전히 다른 체제와 다른 생활환경 속에서 지냈는데 어떻게 충돌이 없을 수 있겠어? 하지만 우리는 되도록 상대를 존중하며 이해하려고 노력해서 충돌을 최소화하고 가능하면 충돌이 일기 전에 서로를 이해할 방법을 강구하는데 힘을 기울였지.

우리는 서로가 그런 관계의 부모에게서 태어난 자식임을 확인하

자 얼마 동안은 정말이지 서로 할 말을 못 하겠더라구. 얼마간의 시간이 지난 후 우리는 우선 자기소개를 하고 나이와 생일도 이야기를 했어. 류영수가 나보다 생일만 두어 달 빠를 뿐 동갑내기라는 것을 알았지. 아마 그것도 우리 둘을 쉽게 가까워지게 하는데 큰 역할을 했을 거야.

그 뿐만 아니라 우리는 차츰 서로에 대해 이야기하면서 류영수가 자신의 이야기를 했지. 자기는 인민군관학교를 졸업하고 이곳에 국비로 유학을 온 인민군 중위라고 했어. 류병권 어르신께서 아버지와 헤어진 후 만주로 가셔서 독립운동을 하시던 중 일제 말기에 김일성 장군을 만나셨고, 그때 김일성과 이런 저런 면담 중에 김일성의 뜻이 당신에게 맞는다고 판단하셔서 김일성 군에 들어 가셨다고 했지.

김일성의 최 측근은 아니더라도 가까이에 있던 한 사람으로 계속 독립운동에 참여해 독립운동을 하시던 중 조국이 광복을 맞았고, 김일성 가까이에 있던 관계로 광복 후 북에서 어렵지는 않게 지냈다고 했어. 광복 후 어렵게 지내지 않았을 뿐만 아니라 아버지 덕분에 좋은 성분으로 분류되어 자기가 들어가고 싶어 하던 군관학교에 입학하여 무사히 졸업하고 이렇게 유학까지 올 수 있었다는 개인적인 이야기….

그리고 자신은 조국과 인민의 돈으로 공부하러 온 몸이라 열심히 공부해서 조국과 인민, 그리고 어버이이신 김일성 수령 동지에게 보답하는 것만이 자신이 할 일이라는 개인적 각오까지 서슴없이 이야기하곤 했지.

그러나 그런 이야기는 초기 몇 번이었어. 우리는 차츰 사상이나 그 외 체제에 관한 이야기는 되도록 피하였고 양가 부모님, 친척과 서로의 포부 등에 관한 이야기를 주로 했어. 양가 부모님이나 가족, 친척이야기는 그래도 괜찮은데 자신의 포부를 이야기하다 보면 자신도 모르는 사이에 체제와 사상 이야기가 나오는 것을 느끼고는 가능하면 자신의 포부 이야기보다는 가족이나, 친척이야기를 주로 하다가 그것도 시들해지면서 학교생활과 공부 이야기를 많이 했지.

하지만 그것도 의미 없는 일이었어. 차츰 세월이 지나면서 우리는 특별한 이야기가 필요 없었어. 이야기를 하지 않아도 그냥 서로를 아끼며 서로를 위해주고 서로를 생각하며 서로를 격려해 줄 수 있는 관계로 발전해 갈 수 있었어.

엄밀히 말해서 학교 공부에 관한 한은 내가 주로 도움을 받는 쪽이었지. 당시 나는 명목상 학생일 뿐 사실은 학생이라기보다는 학생을 가장한 기자라고 표현하는 것이 옳은 표현일 거야.

1983년 5월 중국 심양에서 출발한 여객기가 목적지인 상해에 도착하기 전에 중국국적의 납치범들에 의해서 수교관계가 없었던 대한민국의 춘천 군사기지에 불시착하는 피랍사건이 발생했을 때, 문제 해결을 위해서 당시 중국의 민항국장이 대한민국을 공식 방문하여 승객과 승무원 및 범인과 비행기의 인도문제를 협상했었지.

비록 범인의 인도문제에 있어서는 협의가 이루어지지 않았으나

이 사건을 계기로 양국 정부 관계자들의 교류가 시작되더니 1986년 서울 아시안 게임에 중국이 선수단을 대거 파견하여 이제 곧 다가올 양국 수교를 신호탄으로 쏘아 올린 것이거든. 뿐만 아니라 1988년 서울 올림픽에도 중국이 선수단을 대규모로 파견하기로 결정해 줌으로써 양국의 수교는 시간문제로 다가오고 있던 중이라 신문사에서는 부랴부랴 나를 뽑아 기자로 수업을 잠시 시키다가 서울 올림픽이 열리는 그 해, 아직 특파원보다는 유학생으로 가는 것이 입국하기도 거주하기도 편한 점을 이용해, 유학이라는 명목으로 주재 특파원 역할을 하도록 보냈던 것이거든.

　내가 중국으로 간 그 해부터 2년이 지나 북경 아시안 게임이 열릴 때까지 서울 아시안 게임과 서울 올림픽에 대규모 선수단을 파견해 준 중국에 대한 화답도 할 겸, 또 이 기회에 정식 수교의 물꼬도 틀 겸 북경 아시안 게임에 우리나라에서 대규모 선수단을 파견하기로 결정하는 등 한·중 민간 교류는 더 활발해지고 있었어. 뿐만 아니라 정식 수교를 위한 물밑 작업은 하루가 다르게 활발하게 다가오는 중이었기 때문에 취재를 위해 강의를 빼먹는 일은 강의를 듣는 날보다 빈번해져 갔어. 내가 강의를 빼먹는 날이면 그 친구는 강의 내용을 평소보다 몇 배 자세히 노트해서 내게 전해주곤 했으니까.
　그러나 그 친구도 나도 그것이 어떤 도움이라고 생각하기보다는 친구끼리 당연히 할 수 있는 일이라고 생각했어. 물론 가끔 내가 말이라도 '고맙다'고 하면 그 친구는 웃으며 말했지.

"보게, 동무. 친구끼리야 목숨도 서로 주고받는 것이라는데 이깟 노트가 뭐가 그리 중요해서. 남쪽에서는 친구끼리 이 정도도 안 해주나? 우리는 친구지 남이 아니잖아? 앞으로는 내게 고맙다는 말 하지마라. 또 그런 말하면 노트 안 해주고 친구도 안 한다."

그렇게 얘기하면서 함께 웃었어. 어쨌든 그 친구의 도움을 그렇게 많이 받던 내가 방학과 함께 어렵게 시간을 만들어서 일주일 여유로 집에 왔을 때 아버님께 그 이야기를 말씀 드렸어. 물론 그 전에도 말씀을 드릴 수 있는 방법은 있었지만 공연히 전화나 편지로 그런 이야기를 하다가 잘못 되어서 그 친구에게 해가 되면 안 된다는 생각에 일부러 직접 뵐 때까지는 입 밖에 내지 않았던 거야.

물론 그 시절에는 우리측에서도 내가 그런 친구와 지내는 것을 안다면 내 신상에도 좋을 것도 없을 뿐만 아니라, 나도 못된 꼴을 당할 수도 있을지 모르는 상황이었지만, 정말이지 그때는 내 걱정은 전혀 안 했고 그 친구 걱정이 되어 조심했던 거야. 내 이야기를 들으신 아버지께서는 눈물까지 흘리시면서 당장이라도 중국으로 가시겠노라고 여기 저기 알아보고 방법을 모색해 보셨지만 일주일이라는 시간에는 어림도 없다는 것을 알게 되시자 내가 중국으로 돌아가기 전날 눈물까지 보이시면서,

"내가 유병권이를 못 만나면 그 아들이라도 보려 했는데 그것이 마음대로 안 되는구나. 하지만 내가 어떻게든 준비를 해서 찾아갈 테니 우선은 네가 가서 이 돈으로 필요한 것 있으면 다 사주고, 또

그 친구에게 용돈도 많이 전해 주거라. 혹시 네가 그냥 주면 안 받을지 몰라 내가 이렇게 편지를 써 놓았다."

하시면서 친히 쓰신 편지와 그때 내가 가져가기에는 약간은 넘치는 금액의 미화를 내 놓으셨고, 나는 아버지의 뜻에 따라 그 돈을 가지고 중국으로 갔지. 나는 짧은 방학을 마치고 부랴부랴 돌아갔지만, 다른 학생들은 정상적으로 방학을 다 마치고 나서야 돌아왔어. 물론 류영수도 방학이 끝나고 돌아 왔는데, 내가 아버지의 편지와 함께 아버지께서 전해주신 돈을 건네주자 처음에는 머뭇거리더니,

"그래, 받으마. 우리 아버지께도 네 이야기를 했더니 내가 태어난 이후 처음으로 눈물을 보이시면서, 너희 아버님이 보내신 돈에 비하면 턱도 없이 적은 돈이지만 내어놓으시며 너 맛난 것 좀 사주라고 하셨다. 그래서 내게도 돈은 있다고 하자, 그 돈과 이 돈은 다른 돈이라고 하시더라. 부모 마음이라는 것이 다 그런가 보구나.

그리고 이것은 아버지께서 어머니에게 손수 지으라고 하신 우리 바지저고리다. 아버지께서 네 체격이 어떠냐고 하시기에, 나이도 동갑인데다가 키는 나만하고 몸은 약간 더 근육이 붙어있다고 하자, 어머니에게 옷 한 벌 지으라고 하시기에, 넌 옷도 많고 누가 중국에서 바지저고리 입겠냐고 말씀드리고 싶었지만 내가 말린다고 꺾을 분들이 아니라는 것을 잘 알기에 아무 말 없이 가지고 왔다. 촌스럽다고 생각할지 모르지만 성의로 받아라."

그때 나는 진심으로 대답했지.

"촌스럽다니? 아니다. 오히려 성의가 들어 있는 이 옷이 얼마나

고마우냐?"

 정말로 나는 그 옷이 고마웠고, 그 날 저녁 류영수 아버님이 주신 돈으로 외식을 하러 나갈 때 그 옷을 입고 갔어. 마치 일부러 맞춘 것처럼 내 몸에 너무 잘 맞는 바지저고리를 입고 북경 한 가운데에서 외식을 했지.

내가 2년 반을 북경대에 다녔는데, 그동안 우리는 매일 할 이야기가 왜 그리도 많았는지 모르겠어. 휴게실에서도 두 사람만 같이 앉았다 하면 한국말로 이야기하는 거야. 마치 중국 사람들 들으면 큰일이라도 나는 비밀 이야기라도 하듯이. 사실은 아무 내용도 없는 말인데. 그 뿐만이 아니라 어쩌다 기숙사 멤버 몇이서 술을 마시러 나가거나 밖으로 놀러 나가더라도 꼭 둘이어야 제 삼자가 끼지, 그렇지 않고는 거의 외출하는 일이 없었지.

어쩌다 내가 취재나 혹은 본사에서 명령받은 일 때문에 좀 먼 거리를 가게 되어 저녁에 기숙사에 못 들어가게 되면, 다음날 몇 십 년만에 만난 친구 반기듯이 그 친구도 나를 반가워했고 아울러 노트를 챙겨주고 리포트의 아웃라인을 잡아주고 심지어는 리포트가 급한 것은 자기 것뿐만 아니라 내 것까지 써 놓고 기다리곤 하는 거야.

여러 가지로 우리는 하나가 되어 가고 있었지. 참 순서가 뒤바뀌었지만 앞에서 한 가지 빼먹은 이야기가 있어. 물론 전부 얘기한 것이 아니라 뺀 얘기가 많지만 이 얘기는 꼭 해야 할 것 같군.

10

첫 방학이 끝나고 모두가 돌아왔다고 했지? 그때 외국 유학생들 중 일부는 안 돌아 오거나 학교를 그만둔 학생들이 있어서 기숙사 방을 정리하게 되었는데 마침 내 옆방의 중국 학생이 3층을 자원해서 그리로 가게 되자 류영수가 내 옆방으로 옮기겠다고 했던 거야. 물론 그 시각에 나는 학교에 없었지. 볼일이 있어서 외출을 했었거든.

류영수는 내가 돌아오기 전에 옆방으로 짐을 모두 옮길 욕심에 옆방의 중국 학생이 3층으로 짐을 옮기는 것을 중국 학생 두 명과 함께 도와 준거지. 빨리 짐을 옮겨야 자기도 옮기니까. 그런데 문제는 짐을 모두 옮기고 나서 발생했어. 내 옆방의 중국 학생이 지갑을 잃어 버렸다는 거야. 후에 안 일이지만 그 지갑에는 방학이 끝나고 학교로 돌아오면서 그래도 괜찮게 사는 집 아들인지라 몇 달치 용돈을 받아 온 것이 그대로 들어 있었던 거야.

　학생에게는 큰 돈이었지. 그런데 그 지갑이 없어졌으니···. 내가 외출해서 돌아 왔을 때 짐을 나른 세 명과 지갑을 잃어버린 당사자는 물론 기숙사 2층 대표를 맡고 있는 중국 학생 한 명과 일본 학생 한 명이 휴게실에 앉아서 뭔가 심각한 표정이기에 나도 슬그머니 앉아서 들으니 그런 내용이었어. 층 대표를 맡고 있는 중국 학생 말에 의하면 정 이렇게 지갑이 나오지 않으면 그 자리에 있던 사람 모두가 모인 상태로 공안에 연락해 각자의 방과 몸수색을 받는 수밖에 없으니 늦게 자리하게 된 나와 일본 학생은 어서 자리를 뜨던가 아니면 같이 검사를 받던가 하라는 거였어.

　기무라는 이름의 일본 학생은 우물쭈물 자리를 뜨려는 기색이었으나 나는 굳이 자리를 뜰 이유도 없고 해서 나중에 같이 검사를 받아도 좋으니 제대로 다시 한 번 찾아보자고 했지. 그랬더니 지갑을 잃어버렸다는 중국 학생이 하는 말이 샅샅이 뒤져도 없다는 거야. 그 친구 말에 의하면 짐을 나르기 위해서는 우선 옷을 갈아입어야겠다는 생각에 낮에 입었던 옷을 벗어서 새로 이전할 방 옷장에 걸어두고 작업복을 입었는데 그때 지갑을 작업복으로 옮길까 하다가 작업 도중 지갑이 빠져나갈 수도 있다는 생각에 낮에 입었던 바지 뒷주머니에 그냥 놓아두었다는 거야.

　그렇게 놓아두고 서로 왔다갔다 짐을 다 옮기고 나서 수고한 동료 세 명에게 마실 것이라도 대접하려고 낮에 입었던 옷의 주머니를 뒤져 봐도, 작업복을 봐도 어디에도 지갑은 없더라나? 그래서 아예 책상 서랍이고 뭐고 다 뒤져보고 자기가 이동한 경로대로 따라 다녀보고 혹시 서로 왔다가다 하면서 지갑을 본 사람 없냐고 해도 여기에 있는 모두가 못 봤다고 하는데 자기는 분명 낮에 입은 옷 뒷주머니에 넣어 두었기 때문에 자기가 새로 옮긴 3층 방을 드나든 사람 중 한 명이 이 진실을 알고 있을 것이라고 하면서 맨 끝에 붙인 말이 나를 화나게 했어.

꼭 누구라고는 못하겠지만 없는 나라에서 유학 와서 생각 이상의 돈이 들어가고, 돈이 부족해서 필요한 것이 있으면 차라리 솔직히 이야기하고 도움을 청하면 도와줄 방법이 분명히 있을 텐데 왜 양심을 속이는지 모르겠다는 이야기….

순간 나는 류영수를 겨냥하고 하는 말이라고 직감을 했지. 그래서 머리 끝까지 치솟는 화를 억누르며 제안을 했어.

"다시 한 번 같이 찾아보자. 그래도 안 나오면 나도 같이 검사든 조사든 받겠다."

그러자 층 대표 학생과 다른 학생들이 공연히 머리 아픈 일에 낄 이유가 없으니 빠져도 된다며 이런 일에 끼지 않는다고 의리가 없는 것은 아니라고 하는 거야. 그것은 나를 생각해서가 아니라 내가 류영수와 친하게 지내는 것을 알고 있는 그들이 이미 류영수를 범인으로 지목하고 어서 스스로 지갑을 내 놓으라고 설득하며 공안 어쩌고 해서 공갈 협박을 가하고 있는데 내가 끼어드는 것을 탐탁지 않게 여긴다는 것을 나는 누구보다 잘 알 수 있었어.

게다가 나는 이것은 의리상의 문제가 아니라 민족의 자존심 문제

도라친덕 ᠯ

라고 생각했을 뿐더러 류영수를 믿는다는 내 의지를 확고히 보여 줄
필요도 있다고 생각했어. 그리고 실제로 난 류영수가 절대로 그런
일은 하지 않았다고 믿고 있었어. 물론 젊은 시절의 내 혈기도 작용
을 했을 것이고…. 그런데 젊기로는 마찬가지인 동갑내기이자 정작
당사자인 류영수는 아무 말이 없는 거야. 잘못이라고 할 수 없는 못
사는 나라 백성이라는 사실 하나. 그리고 약소국의 국민이라는 아무
것도 아닌 사실을 죄로 몰고 있는 그들. 그런데도 그런것에 대해서
는 말 한마디 안 하고 무조건 도둑으로 몰고 있는 저 떼 놈들.

   나는 속으로는 답답해 뭐라고 한마디라도 하라고 류영수에게 소
리치고 싶었지만 지금 아무 말도 못하고 있는 본인 심정이야 오죽
하겠나 생각하니 더 화가 나더라구. 그래서 나는 다시 말했지.
   "좋다. 다시 한 번 묻겠는데 그 지갑에 얼마나 있었냐?"
   그러자 그 친구가 얼마 이야기를 하더라구. 물론 그 시절의 나에
게는 적지 않은 돈이었지만 그들이 쓰는 것은 인민폐이기 때문에 사
실 달러로 환산하면 그렇게 큰 돈도 아니었고, 방학 중에 집에서 넣
어 주신 돈도 있고, 마침 전날 본사에서 송금되어 온 돈도 있던 터라
자신 있게 다시 한 번 말했지.
   "좋다. 다시 한 번 말한다. 같이 찾아보자. 그러고도 안 나오면 공
안을 불러 검사를 받고, 그래도 안 나오면 내가 그 돈을 물어주마.
오늘 당장은 아니더라도 이번 달 내로 모두 변상해 주겠다. 대신 만
약 그 지갑이 나오면 그때는 너희가 스스로 범인으로 지목했던 그

사람 앞에서 사과해라. 무릎을 꿇고 사과해라!"

내가 단호하게 이야기하자 이미 한국의 기자로 내가 이곳에 와 있는 것을 대충은 알고 있는 터라 그런지 변상한다는 데는 추호도 의심을 안 하면서 왜 굳이 그래야 하느냐고 묻기에,

"나는 같은 민족인 내 친구를 믿는다."

하는 한마디를 나뭇가지 부러지듯, 아니 선언하듯 얘기했지. 그러자 층 대표 학생이 조금은 미안한 듯,

"굳이 누구를 꼭 지목해서 범인으로 말한다기 보다는…."

하면서 말꼬리를 흐리려 하는데 지갑을 잃어버린 그 학생이 돈을 다시 찾겠다는 욕심에서였는지, 아니면 진심인지는 모르겠지만,

"내가 꼭 그 지갑을 찾기 위해서가 아니라 다시는 우리 기숙사에서 이런 일이 있어서는 안 되겠기에 네 제안을 받아들인다."

나는 그 말을 받아 다시 한 번 다짐을 받았지.

"제안을 받아들인다니 다시 한 번 다짐하자. 우리끼리는 물론 공안이 와서 검사를 하고도 내 친구가 범인이 아닌 것으로 판명나면 돈을 찾든 못 찾든 내 친구 앞에서 무릎 꿇고 사과하는 거다. 물론 네가 말한 금액은 내가 전액 변상한다."

그러자 그 중국인 학생이 자신 만만하게,

"좋다. 그 대신 공안 검사가 끝날 때까지는 한사람도 혼자 떨어질 수 없다. 화장실에도 갈 수 없다."

하고 말하기에 나는 쾌히 승낙을 했고, 기무라라는 일본 학생은 자기는 빠지고 싶다고 하자 기세등등해진 지갑을 잃어버렸다는 중국

학생이 멀리 떨어져 구경하는 것은 좋지 않겠냐고 제안을 해 오기에 나도 동의해 주었어.

중국 학생은 자기네나 우리나 일본과는 서로 관계가 안 좋은 것을 뻔히 알고 있는 터라 기왕이면 일본사람 앞에서 망신을 주고 싶은 욕심이 뻔하다는 것을 충분히 짐작할 수 있었거든.

우선은 내가 제안한 대로 지갑을 잃어버린 장본인의 방을 다시 찾아보기로 했지. 자신 만만한 중국 학생은 잠그지도 않았던 자기 방문을 열고 다 함께 들어가자고 하더니 옷장을 열며,

"자, 이게 아까 내가 입었던 옷인데 이 옷을….."
하며 짙은 파란색 물감 들여놓은 듯 색깔이 고운 청바지를 들어 대는 거야. 요즈음이나 찢어지고 빛바랜 청바지에 가지가지 컬러가 들어간 바지가 유행하지 그때만 해도 아주 파란 쪽빛 청바지가 최고 아니었나. 그리고 그런 비싼 청바지는 마치 부의 상징인양 외출복으로 취급됐지 절대 작업복은 아니잖아. 순간 나는 그 학생이 아침에 입었던 것은 그 청바지가 아니라는 것을 알 수 있었어.

왜냐하면 아까 말한 대로 그 청바지는 우리가 잘 아는 브랜드 제품으로 어떤 경로로 중국에 들어와 그 친구에게까지 갔는지는 모르지만, 내가 보기에도 유독 색상이 예뻐서 그 바지를 입을 때마다 참 예쁜 색이라는 생각을 하곤 했는데 오늘 아침에 강의실에서 만났을 때는 그 생각을 안 했거든.

그때 내 눈에 들어온 것은 그 학생이 방금 꺼낸 그 청바지가 아니

라 그와 흡사한, 그러나 그보다는 약간 색감이 떨어지는 또 다른 유명 브랜드 제품으로 옷장 끝 부분에 걸려있는 청바지였어. 그 시절 중국에서 그래도 좀 산다는 집 아들이니 그런 청바지를 두벌씩이나 한꺼번에 소유한 채 입고 다닐 수 있었겠지만 어쨌든 나는 그 학생에게 말했지.

"잠깐. 그 바지가 아니라 옆에 걸려 있는 것이 오늘 입었던 것 아니요? 그것 좀 봅시다."

그러자 그 친구는 이 옷을 입지도 않았는데 무슨 소리냐며 그래도 내가 원하니까 어쩔 수 없이 그 옷을 꺼내 뒤주머니를 만지는 순간 얼굴이 하얗게 되는 거야. 그리고는 허둥지둥 주머니에 손을 넣어 지갑을 꺼내 열어 보더니 더 하얗게 된 얼굴로,

"이게 여기 왜 있지?"

하며 황당하다는 얼굴로 주위 사람들을 둘러보는 거였어. 나는 가차 없이 입을 열었지.

"돈은 그대로 있소?"

그러자 그 친구는 말도 못하고 고개만 끄덕여 대답하더군. 순간을 놓치지 않고 나는 다시 입을 열었어.

"자, 이제 약속한 대로 무릎을 꿇고 사과하시오."

그러자 그 중국 학생이 이러지도 저러지도 못하고 어정쩡하게 서 있었어. 다른 학생들도 입도 못 열고 멋쩍은 표정만 짓고 있더라구. 내가 다시 입을 열었지.

"못사는 것과 나쁜 것도, 아니 없는 것과 악한 것도 구분 못하고

남을 업수이 여겼으니 사과하는 것이 당연한 것 아니요?"

그러자 그 학생이 어쩔 수 없이 무릎을 꿇으려는 순간 류영수가 붙잡아 일으키며,

"됐소, 동무. 서로 오해만 풀렸으면 됐지 무릎까지 꿇을 이유가 있겠소."

하며 말리자 그 중국 학생이 나를 쳐다보며 눈치만 보는 거야. 사실 마음 같아서는 한 방 날려 주고 싶었지만 이미 류영수가 명예 회복도 된데다가 무릎을 꿇으려는 동료를 잡아 일으켜 세움으로써 대승을 한 것이 확실한데 내가 굳이 우길 이유가 없더라고. 그래서 나도 말했지.

"됐습니다. 본인이 이미 사과를 받아 들였으니 모든 것은 거기에서 끝난 겁니다. 앞으로는 같은 북경 대학생끼리 의심하지 말고 사이좋게 지냅시다."

내가 이렇게 말하자 좌중은 일제히 박수를 치며 중국인 특유의 호탕한 척하는 웃음과 함께 류영수에게 미안하다고 악수를 청하며 왁자지껄하더라고. 기무라라는 일본 학생도 덩달아 좋아하며 자기가 끝까지 있은 보람이 있다나 어떻다나 해 가면서 공연히 류영수만 의심을 받았고 내가 언제 도망치듯 빠지려 했냐는 듯 떠들어 대고, 중국 학생들은 마치 자기들이 무슨 아량이나 베풀어 잘 해결된 듯 호탕한 척 하는 웃음을 연신 웃어대고….

민족성이 보이더라구. 어쨌든 그 문제가 그렇게 싱겁게 끝이 난 후 가만히 생각해 보니 류영수가 청바지를 입은 모습을 한 번도 본

적이 없는 거야. 그래서 그날 밤 내 방으로 불러 마침 방학 끝나고 돌아오며 사온 청바지 두벌을 몽땅 주었지. 내가 입던 것이 빛이 바래서 다시 사 갔던 거였어. 몇 번 사양하던 류영수에게 네 부모님은 내 바지저고리도 지어 보내 주셨는데 이것은 우리 아버지께서 사 주신 것이라 생각하고 받으라고 권했더니 못 이기는 척 받아 드는 것을 보니 무척 입고 싶었던 모양이더라구.

나는 속으로 내가 진짜 류영수의 친구가 되기에는 시간이 더 필요하다는 생각을 했어. 그러면서 물어보았지. 왜 나는 지갑을 가져가지 않았다고 말하지 않았냐고. 그랬더니 그 친구 대답이 걸작이지 뭔가?

"이미 내가 가져갔다고 단정 짓는 그들에게 내 이야기가 무슨 소용이 있겠어? 나는 단지 공안을 빨리 불러서 조사를 해 보고 싶었으나 그 사람들은 그것이 아니라 단지 내가 가져갔기를 바라는 투였어. 마치 우리 북조선 사람이 그렇다는 것을 증명이라도 해 보이고 싶은 투였어. 그런데 거기서 내 변명이 무슨 소용이 있겠어. 절대 이런 일은 흥분해서는 안 되고 차근차근 밝혀야 되거든. 봐. 네가 오니 다 밝혀졌잖아. 어차피 밝혀질 일이면 서둘지 않아도 다 밝혀지는 법이야."

그래서 또 물었지. 그럼 무릎 꿇고 사과하려는 것은 왜 말렸느냐고. 그랬더니 그 대답은 더 명답이었어.

"이미 끝난 일. 사과 받는다고 나아질 것도 없는데 만약 내가 무릎을 꿇고 사과하는 것을 받으면 그때는 속이 시원할지 모르지만 그 학생은 나를 볼 때마다 내게 무릎을 꿇었던 굴욕감이 살아날 것이고, 그것이 처음에는 굴욕감으로 시작될지 모르지만 자칫 분노로 변하는 날에는 사과 받고 적을, 그것도 큰 적을 만드는 거야. 하지만 내가 사과 안 받아도 받은 바와 진배없다고 그 학생을 일으켜 세움으로써 그 학생은 두고 두고라도 내게 사과하지 못한 것이 마음에 걸리고 나를 의심한 것이 미안하겠지. 그렇게 되면 내게 빚을 진 기분이 들 것이고 나를 미워하거나 분노하기는커녕 항상 내게 미안해할 것이거든…."

나는 내 자신이 약간은 부끄러울 정도로 성숙한 동갑내기를 보는 기분일 뿐만 아니라 저렇게 성숙할 수 밖에 없는 친구의 잃어버린 자유가 아쉽기도 했어. 왜 그런 말 있잖아? 어린애들이 눈치를 많이 보고 자라다 보면 어린애 이상으로 성숙해져 버린다고.

적당한 예의와 적당한 성숙함이 중요한 것이지 필요 이상으로 성숙한 어린애를 보면 차라리 안타깝고 불쌍한 생각마저 드는 그런 마음. 어쨌든 간에 그런 일이 있은 후 우리는 더 마음을 터놓는 하나가 될 수 있었고, 날이 갈수록 가까워졌어.

11

　　그러던 중 첫 해에 못 오셨던 우리 아버님께서 그동안 많이
부드러워진 한중관계 덕분인지, 아니면 무슨 수를 쓰셨는지 그 다음
해 겨울 방학을 얼마 안 남긴 때 중국에 오셨어. 불과 닷새 비자를
받아서 오시는 양반이 법정 한도를 넘는 달러를 어떻게 소지하고 오
셨는지 가져오셔서는 류영수에게 건네주며 고향에 가서 아버지에게
전해 주라며 눈물바다를 이루기 시작하는 거야.

　뿐만 아니라 나흘을 북경에서 주무시는 동안 매일 저녁 나와 류영
수를 데리고는 북경에서 유명하다는 음식점은 어떻게 알아 오셨는
지 그런 곳만 데리고 다니며 저녁과 술을 사 주시면서,

　"많이 먹고 많이 마셔라. 네 아버지 얼굴을 쏙 빼 닮았으니 아마
너도 술 잘 마실 거다. 네 아버지와 나는 젊었을 때 주막집 술을 동
내며 밤새워 마신 적도 있단다. 어려워말고 그저 많이 먹고 많이 마

셔라. 성종이 에미도 같이 오려고 했으나 사정이 허락하지 않아 못 왔으니 이해해라."

뭐 그런 말씀을 하시면서 헐벗고 굶주리고 못 먹던 시대를 겪으신 어른답게 뭐든 많이 먹고 갖고 싶은 것 있으면 말만하면 다 해주시겠다는 거였지. 나흘 밤을 그렇게 보내시며 구경 한 군데 가시지 않고 오로지 류영수와 함께 지내시며 류병권 어른도 이곳에 올 수 있으면 이곳에서라도 보고 싶다고 하셨으나 그것은 불가능할 것이라는 류영수의 대답에 눈물로 대신하시고는 북경을 떠나셨지.

물론 다시 꼭 오시겠다던 아버님은 북경을 다시 찾아 류영수를 만나시려 했지만 곧 이루어질듯 하던 한·중 정식수교는 류영수가 졸업을 하고 난 그 해에 이루어지는 바람에 아버님은 결국 그때 류영수를 보신 것이 마지막으로 세상을 떠나셨어.

아버님이 북경을 다녀가신 그 다음해. 그러니까 북경 아시안 게임이 열리던 그 해. 아직 국교가 정상화되지 않았지만 국교 정상화가 수면 위로 떠오르며 굳이 학생 신분을 갖지 않아도 특파원 신분으로 중국에 머무를 수 있게 되자 나는 정식 특파원 발령을 받으며 한 학기를 끝내고는 여름에 학교를 그만 두었어. 학교를 그만 두는데 그 친구가 얼마나 섭섭해 했는지 몰라.

"웬만하면 나랑 협조해서 학교를 마치지 그러니?"

류영수는 자기가 최대한 도와줄 테니 학교를 마치라는 이야기를 이런 식으로 표현하며 나를 말려보고 싶어 했고, 나도 학교를 마치고 싶었지만 그럴 상황이 못 되는 것을 어찌하겠어?

　학교를 그만 둔 후에도 나는 시간만 나면 학교를 찾아갔어. 굳이 말할 필요도 없이 내가 학교에 가는 이유는 이백이나 두보의 시를 더 배워 보고 싶다거나 모택동 어록을 더 연구해 보고 싶어서가 아니라는 것은 이미 알 것이고, 단 한 가지 류영수를 만나기 위한 것이었지. 류영수를 만나면 둘만의 시간이 아니어도 늘 즐거웠어. 류영수 역시 특파원으로 정식 등록을 한 후 시작된 나의 변화된 이야기를 점점 재미있어 할뿐만 아니라 항상 마음속에 둔 친구이다 보니 늘 내가 오기를 기다리고 있다는 거였어.

　나는 학교에 가는 날 저녁에 별다른 스케줄이 없으면 류영수와 함께 외출을 해서 식사와 술을 마시고는 내 숙소에 가서 밤새도록 이야기하며 지내기도 했어. 지금 생각하면 무슨 이야기를 했는지 기억조차 나지 않는 대부분이 쓸모없는 이야기 같은데 그때는 왜 그 이야기들이 그렇게 재미있고 즐거웠는지 몰라.

　어떻게 보냈는지 2년이라는 세월은 참 빠르게도 흘렀고 류영수가 졸업을 하게 되었어. 졸업식 날은 북쪽 영사관에서도 나오니 오지 않는 것이 좋겠다는 류영수의 말을 따르기로 하고 그 삼사일 전쯤 찾아가 졸업 선물로 양복과 구두에 코트까지 해주고는 양껏 먹고 마셨지. 우리는 숙소로 돌아 와서 평소 이야기하듯 지내고는 그 이튿날 헤어졌어. 그것이 마지막이었어. 아무 일도 없이 곧 다시 만날 사람들처럼 헤어지던 그 아침에도 우리는 언제 다시 만날 수 있냐는 등, 조국이 통일되면 다시 보자는 등의 얘기는 일체 없었어.

그냥 같이 기숙사 휴게실에서 이야기를 나누다 각자의 방으로 돌아가고 내일 아침 강의실에서 만날 것을 무언으로 약속하던 그때처럼, 아니면 내가 학교를 그만두고 자주 찾아가서 함께 저녁을 먹거나 술을 마시거나 혹은 내 숙소에 와서 밤을 지새우고 아침이면 류영수 그 친구는 학교를 향하고 나는 특파원 사무실을 향해 각자의 갈 길을 가며 인사를 나누듯이 그냥 한마디,

"또 보자."

그 한마디가 인사의 전부였던 거야. 또 보자던 그 인사가 이십여 년 만에 이루어진 거지. 어떻게 지났건 이십여 년이 지났지만 나는 그것이 꼭 어제 일만 같아.

최성종은 진짜 이십여 년을 하룻밤처럼 여기고 있는 듯이 말했다. 그리고는 더 이상 아무 말 없이 시계를 바라보았다. 시계는 오후 1시 25분을 가리키고 있었고, 최성종이 말없이 일어나자 오정열도 따라 일어나 식당으로 향했다.

12

    식당에 들어서서도 무엇을 어떻게 먹는지 모르듯 생각에 골똘하고 있는 최성종에게,

"역시 냉면은 이렇게 북에서 먹어야 제 맛이 나니 저도 벌써 북쪽 맛을 알기는 아나 봐요?"

오 기자가 일부러 던진 말에 비로소 최성종은 정신을 차리며,

"응? 응, 그래. 그렇지."

하는 반사적인 대답을 하며 자신의 손을 쳐다보니 손에는 젓가락과 그 사이에 냉면 가락이 끼워져 있었다.

"최 기자님이 너무 오랫동안 젓가락을 들고 계셔서 일부러 한 소리예요. 무엇을 그리 오래 생각하시는지 짐작이야 하겠지만 너무 골똘히 생각하지 마세요. 굳이 현실이 아닌 것을 자꾸 가정해서 생각하시다 보면 가정은 가정에서 끝이 나고 공연한 시간 낭비만 하시는

토각친덕 /

거니까요. 현실로 다가 왔을 때 생각해도 늦지 않는 것을 굳이 미리 생각할 필요는 없잖아요. 사전에 준비한다고 무엇이 어떻게 바뀌는 것도 아닌데⋯."

"글쎄. 그렇겠지? 나도 그것을 알면서도 자꾸만 머릿속을 돌아 감는 것이 떨쳐지질 않는군. 어차피 시간이 가야 될 일인데 말이야. 참, 오 기자도 나 때문에 냉면 다 불어터지겠네. 어서 먹자구."

'점심 식사 후의 회담은 늘 첫 회담이 그랬듯이 쉽게 끝날 것이다. 보나마나 의례적인 인사와 이제까지의 경우처럼 사전에 합의된 원칙을 확인하는 정도에서 끝이 날 것이다. 본격적이고 구체적인 이야기, 즉 이번 개통을 계기로 남이 북에 이런저런 것들을 제공해 준다는 비공개 회담은 저녁 후에 열릴 것이고 그때는 배포되는 보도 자료 이외에는 남이든 북이든 외신이든 간에 일절 취재진은 접근도 못하게 할 것이다.'

그런 이야기들을 하며 기자들이 삼삼오오 모여 차를 마시고 있는 4층 숙소에서 모퉁이를 돌아 마련되어 있는 휴게실 겸 흡연실에 들어선 최성종은 일부러 오 기자와는 다른 그룹에 앉아서 차를 마셨다.

"그렇죠? 최 선배님."

국민신문의 정치수 기자가 이제까지의 이야기에 최성종이 결론을 내려 주어야 한다는 듯 물었다.

"뭐가 그렇다는 건데?"

"아니, 말하자면 뻔한 속에서 뭔가를 찾아내야 하는데 그 뻔한 것을 알면서도, 또 분명 무엇인가 찾을 수 있는 것이 있음을 알면서도 찾을 수 없다는 말하자면 뭐, 특종 같은 것 좀 만들 수 없나 뭐 그런 거죠 뭐. 보도 자료 주는 대로 달달달 써서 보도하지 않고 진짜 무엇이 오가는가 하는 뭐 그런 것 좀 쓸 수 없나, 그런 거죠."

원래 유머도 풍부하고 사심 없이 웃기도 잘해 얼핏 보기에는 속없는 친구처럼 보일 지도 모르지만 이제 십여년 된 중견 기자로서 남의 눈치에 상관없이 할 말 다하고 쓸 것 다 쓰고 옳은 일을 거스르는 일에는 절대 굽히지 않고 옳지 않다고 판단되는 일에는 결코 타협하지 않을 뿐만 아니라 자신에게도 충실한 친구라는 점에서 오 기자와 어쩌면 같은 부류의 친구지만 10여세라는 나이 차이 때문인지 오 기자만큼은 덜해도 믿음직스럽고 정이 가서 최성종과는 가까이 지내는 친구였다.

"그런 중차대한 것을 왜 나한테 물어보나? 그런 거라면 나보다는 정 기자 전공 아닌가?"

최성종이 빙그레 웃으며 대답을 얼버무리자,

"글쎄, 그것이 제 전공이라면 좋긴 좋겠는데…. 문제는 이 남북문제에 관해서 만은 심증이 가고, 그 심증에 따라 여차여차 비공식적인 물증을 구해도 양측이 공식적으로 발표하지 않는 한 써 내리기가 좀 그렇단 말입니다. 공연히 특종 하나 쓴답시고 다 된 밥에 코 빠뜨리는 짓거리는 할 수 없는 것 아닙니까?"

"정 기자가 그런데 난들 뭐 뾰족한 수가 있을까? 차라리 지금 정

기자가 얘기한 것이 더 특종일 것 같은데? 다른 기사라면 이런저런 끄트머리만 잡으면 써 제끼지만, 남북문제는 그렇게 쓸 수 없는 기자들의 애환이랄까 뭐 그런 것들 잘 모았다가, 그러니까 나중에 사실 그때 이런 이야기가 이렇게 있었는데 발표는 그렇게 되어 다된 밥에 코 안 빠뜨리려고 그렇게 썼지만 훗날 드러나는 것을 보니 그때 그 이야기가 이렇게 되는 것이 맞는 것이더라. 뭐 이래가지고 실록, 비화 뭐 이런 것으로 하나 엮으면 특종 되지 않겠어? 왜 지난날 우리 신문들이 자주 써먹던 수법 아닌가? 뭐, 굳이 하라는 것은 아니고 정 기자 생리에 맞으면 하라는 얘기긴 하지만."

최성종이 입가에 잔뜩 웃음을 머금으며 이야기하자,

"선배님을 건드린 제가 잘못이죠. 그렇다고 저를 주간지나 월간지 기자로 만드시려고 하십니까? 실록이나 비화처럼 지나간 얘기야 주간지나 월간지에서 쓰는 수법이지 명색이 새 소식을 전하는 신문이 왜 그때 알았으면 바로 전하지 못하고 훗날 개소리냐, 그때 알았지만 그것을 기사로 썼다가는 봉변을 당할 것을 뻔히 아는 터라 기사로 쓸 용기가 없어서 발설하지 못했다면 주둥이 닥치고 무덤까지 가지고 가든가 아니면 대국민 사과문이라도 써서 '사실 그때 용기가 없어 발표를 못했던 것을 이렇게 아룁니다.' 하고 무료로 국민들에게 배포해 드릴 일이지 얄팍한 상술로 무슨 비화 어쩌고 해가며 신문을 잡지 책 만드느냐고 제게 말씀해 주신 분이 최 선배님이신데 저보고 그걸 쓰라니 저도 이제 그만 집으로 향할 때가 되었다는 말씀은 아니겠지요?"

정치수 기자는 끝마디 '아니겠지요?' 에 유행가 가락을 섞어 넣어 비음으로 말함으로써 좌중을 다시 한 번 웃게 했다. 그러나 북녘 땅 개성의 울창한 숲속 호텔에서의 웃음은 멀리 퍼지지는 못했다.

오후 2시.

회담장의 분위기는 자리 배치나 마이크 위치 등 적어도 외형적 모습에는 큰 변화가 없었을 뿐만 아니라 북측 대표로 들어서는 사람들도 이미 발표된 바와 전혀 변동이 없었다. 남북 회담에는 자주 등장하는 인물들이라 취재기자들은 이미 휴게실에서 얘기하던 대로 뻔한 취재가 되려니 생각하며 언제 개통식을 할거냐? 이미 묵계로 정해지기는 했어도 개통식은 어디에서 할 것인가를 놓고도 요식을 갖출 것이다.

몇몇 군데 이야기가 오가다가, 아니 남이냐 북이냐 어디서 하는 것이 더 옳은 것인가 당위성을 놓고 이런 저런 이야기를 하다가, 도라산역에서 하자는 의견으로 좁혀지는 듯 하는 선에서 회담을 끝내고 결론 도출은 내일로 연기하는 잘 짜여진 각본처럼 진행되리라고 예상하고 있었다.

이런 저런 인사를 나눈 후,

"큰 문제가 될 일이야 없겠습니다만 개통의 원칙적인 문제부터 이야기합시다."

하고는 개통을 하는데 양측이 지켜야 할 원칙 등을 장황히 이야기하며 어느 정도 시간을 보낸 다음,

"그럼 개통식 장소는 어디가 좋겠습니까?"
하고 폼을 잡으며 북쪽에서 남쪽을 배려하는 투로 말을 꺼내면 남쪽에서는 이런 저런 이유를 들어 타당성과 당위성을 설명하며,
"여러 가지 사정을 고려할 때 남의 도라산역이 어떨까 하는데요."
하고 응수를 해주면 몇 마디 사족을 서로 달다가 결국은 도라산역으로 잠정적으로 정하기는 하되 양측에서 각각의 장소에서 같은 시간에 동시에 개통식을 하는 것도 의미 있는 일인 것 같으니 그 문제는 내일 오후에 속개되는 2차 본회의에서 결정짓기로 일단은 결정을 유보하는 의례적인 행사가 되리라고 기자들은 추측하면서 사실 그들의 진짜 관심은 저녁 이후 비공개로 진행될 야간 회담에 가 있다고 해도 과언은 아니었다.

그런데 그 모든 기자들의 추측은 북쪽 대표단 수석대표인 김영섭이 악수를 나누고 인사를 하자 바로 내 뱉은 첫 마디에서 여지없이 무너지고 말았다. 김영섭은 첫인사를 끝내고 자리에 앉자마자,
"이렇게 먼 길 오시느라 수고 많으셨습니다. 그렇지 않아도 피곤하실 터인데 긴 이야기는 나중에 차츰 하시기로 하고 급박한 당면 문제부터 짧게 마치고 휴식을 취합시다."
하며 자리에 앉은 남측 수석대표를 바라보았다. 남측 수석대표 이한목이 그 말에 화답이라도 하듯 유쾌한 듯한 목소리로,
"그래야지요. 서로에게 이익이 되고 도움이 되는 방향으로 빨리 합의를 도출해야지요."

하고 대답한 바로 그 순간 이후가 기자들을 놀라게 한 것이다.

북의 김영섭이 당연히,

"북남 모두가 당연히 협력해야지요."

라고 의례적인 답이 나올 줄 알았는데,

"합의를 도출할 거야 뭐 있습니까? 이미 우리 조선의 위대한 지도자 동지께서 남조선 인민들의 바람을 아시고 들어주라고 하신 일인데. 개통식은 이미 남측의 도라산역에서 했으면 한다고 지난번 사전 회담에서 남측 대표가 한 이야기를 들으시고 지도자 동지께서 쾌히 수락하셨을 뿐만 아니라, 우리 지도자 동지께서 친히 개통식에 참석하시기로 했고, 참, 구체적인 날자가 정해지지 않았군요.

하지만 날짜야 구월 말쯤이 좋겠다고 사전 실무자 협의에서 거론된 것이니까 이미 남측도 어느 정도 정해오시지 않았나요? 저희는 어느 날짜가 되어도 상관없습니다. 우리는 이미 개통식이 있는 날은 민족 대축제의 날, 임시 공휴일로 정해 인민 모두가 편히 쉬면서 그 날을 기념하며 즐기기로 했으니까요. 남쪽에서도 임시 공휴일로 정하실 생각은 없으신지요?"

일사천리로 말하는 김영섭의 말에 놀란 것은 취재기자 뿐만이 아니었다. 취재기자들은 이것이 회담이라기보다는 발표장이 된 기분일 뿐만 아니라 또 한방 얻어맞은 기분이었다.

최성종은 은근히 화가 치밀어 올랐다. 항상 이 꼴이다. 북에서 불쑥 내뱉는 말이 항상 주도권을 쥐었고 다행히 그 내뱉은 말이 얼토

당토않은 주장이라면 그런 대로 주도권을 줄 필요가 없었지만 오늘처럼 양보하는 척, 또 한편으로는 남쪽 의사를 존중해 주겠다는 척하는 말로 주도권을 쥐는 날이면 영락없이 회담 주도권을 뺏기고 마는 것이다. 그러나 정작 최성종이 더 열 받은 것은 남쪽 수석대표인 이한목의 반쯤은 어리둥절해 하는 표정과 대답이었다.

"무더운 여름, 그야말로 삼복 중임에도 불구하고 이렇게 회담장을 성황리에 준비해 주셔서 감사합니다. 그리고 사전 회담에서 저희가 전한 뜻을 받아들여 도라산역을 개통 장소로 정했다고 하니 그 또한 고맙습니다. 저희도 이미 말씀하신 대로 9월 말이라면 좋습니다. 하지만 임시 공휴일 문제는 저희 국무회의에 상정해 보아야 하겠습니다."

하고 대답할 때의 그 어리둥절해 하는 모습이 너무 화가 났다. 물론 상상치도 못한 회담장이 아니라 발표장이 된 분위기는 누구에게나 어리둥절할 수 있다. 그러나 한 나라, 아니 내 조국 대한민국을 대표해서 참석한 사람이라면 더 황당한 경우를 당해도 의연할 줄 알아야 했다. 너희가 그렇게 나올 줄 알고 미리 준비했다는 듯이….

게다가 말은 어땠는가? 미리 준비해 간 인사는 복중이 어떻고 좋다고 하자. 맨 마지막 말은 안 하는 것이 차라리 낫지 않았냐 말이다. 국무회의에 상정을 하던, 혼자서 결정하던 그것은 우리 내부 문제지 개떡이나 그 자리에서 꼭 해야 될 이야기냐? 소리라도 버럭 지르고픈 심정이었다. 꼭 남북 회담이 아니더라도 국제 회담에 여러 번 취재를 따라 다니며 자주 느끼곤 했던 저 답답함.

미리 몇 개의 경우의 수를 준비해 가지고 갔다가 상대방이 하는 이야기가 그 준비된 경우의 수를 벗어나면 동행한 대표단이 그 자리에서 의논해 무슨 결론을 도출하는 것이 아니라 대충 얼버무리거나 아니면 시간을 끌고는 본국으로 연락을 취하는 꼴을 몇 번인가 보면서 최성종은 항상 전문성 부족의 안타까움을 혼자 속상해 했었는데 이번 경우는 크게 전문성이 필요한 것도 아니요, 그저 배짱 하나만 있으면 되는 일 아닌가?

"적극 검토해 보겠다."

그것도 아니면,

"민족의 대축제이니 만큼 국민적 합의점을 도출해 긍정적으로 함께 검토해 보자."

등 똑같은 말이라도 마치 내가 수석대표이니 적어도 이 회담에는 내게 주어진 권한이 결코 적지는 않다는 것도 보여줄 겸 얼마든지 뭉개 넘길 수 있지를 않나? 기껏 한다는 대답이 국무회의 상정인가? 그게 무슨 수석대표냐? 버럭 소리라도 지르고픈 최성종의 한쪽 머리에는 우스갯소리 하나가 생각났다.

한동안 방귀 이야기라고 떠돌던 유머였다.

독재 정치로 4.19의거에 의해 무너진 1공화국의 수장 이승만 대통령시절 대통령이 방귀를 뀌면,

"각하, 시원하시겠습니다."

라고 했다고 한다.

대통령의 눈과 귀를 막고 아부하며 국가를 좀먹던 그 시대 상황을 그대로를 표현한 말이다. 그런가 하면 5.16 군사 혁명으로 정권을 잡고 언론에게조차 침묵하지 않으면 철퇴를 내리던 정권에서는 대통령이 방귀를 뀌더라도 그 일 자체를 언급하면 안 되고 그냥 하던 일이나, 혹은 하던 말을 계속해야만 했다고 한다. 철저하게 자기 자신은 말살되고 그저 무슨 일이 일어나든 말든 모른 척 하는 것이 유일한 생존의 방법이었던 것이다.

그 뒤 단순히 민주주의를 염원했기에 민주주의를 부르짖던 무고한 백성들을 빨갱이로 몰아 무등산 자락 아래에서 헤일 수 없이 죽이고 그 피의 값으로 정권을 잡은 체육관 대통령시대에는 대통령이 방귀를 뀌면 장 씨가 손을 번쩍 들고,

"각하, 제가 뀌었습니다."

하고 대신 뒤집어썼다고 한다. 그 후로도 끝끝내 대신 뒤집어쓰려고 노력하고 있는 모습을 보여주기 위한 말이리라. 그 체육관 대통령 친구로 군복만 벗은 채 보통사람을 자처하며 체육관 대통령의 대를 이은 소위 물통령이라 불리던 대통령 시절에는 그가 방귀를 뀌면 함께 있던 누구라도 하던 일을 멈춘 채 말 없이 서로 눈치만 보았다고 한다. 어느 누구도 책임을 지려 하지 않고 문책도 하지 않으려 했으며 그냥 눈치만 보고 어물어물 넘어가는 것이 상책이었던 시절이었다.

그러던 것이 머리는 빌려도 건강은 빌릴 수 없다는 희대의 기발한 아이디어를 냈던 대통령 시절에는 대통령이 방귀를 뀌면 일제히 전

화기 앞으로 달려갔다고 한다. 소위 소통령이라 불리던 그의 아들에게 이럴 때는 무어라 이야기해야 하나를 물어보기 위해서라는 것이다.

최성종은 문득 이 이야기를 생각해 내고 피식 웃었다. 지금 이한목 남측 수석대표의 심정은 도대체 어느 심정일까? 분명 오늘 회담에서도 이례적으로 이미 정해진 일일지라도 외신 기자들에게 보여주기 위한 측면에서 최소한의 요식은 갖추어야 하는 것이 국제회담의 원칙인데 그 틀 자체를 깨버리니 이럴 때는 도대체 어찌하라는 말인가 답답하기도 할 것 같았다.

한편으로는 북의 김영섭이 밉기도 할 것이다. 하기야 그것은 최성종도 마찬가지였다. 국제 회담의 원칙도 무시하고 그저 자기네 편한 대로 자기네 방식대로 툭툭 던지는 무례하기조차 한 행동이 곱게 보이지는 않았다. 하지만 더 속상한 것은 그럴 때 유연하게 대처하지 못하는 것을 볼 때였다. 저쪽이 원칙을 무시하고 나오면 이쪽에서 한 번쯤은 한술 더 떠서,

"좋습니다. 9월 말 도라산역 10시 좋죠?"

인사고 뭐고 집어치우고 이렇게 나오면 그래도 저쪽에서 저렇게 감 따다가 호박 떨어지는 꼴로, 입에서 나오는 대로 생각 없이 뱉는 것처럼 툭툭 뱉어 상대를 당혹하게 만들고 그것을 호기로 삼을 수 있을까? 그러나 짧은 시간에 최성종이 한 생각을 정작 입에서 내어놓은 것은 이한목이 아니라 김영섭이었다.

"좋습니다. 남에서도 9월 말일이 좋다고 하시니까 9월 30일 오전 10시 어떻습니까? 우리 위대하신 지도자 동지께서는 오전 9시 30분에 도라산역에 도착하실 것입니다. 남에서도 대통령께서 그 시간에 나오시겠죠?"

최성종이 보기에 이한목은 의외로 쉽게 말하는 김영섭의 말에 약간은 당혹해 하는 것 같았다. 순간 최성종은 속으로 되뇌었다.

'제발 '좋소' 라고 한마디 하시오. 대통령 스케줄이고 뭐고 허락받아야 한다는 생각 버리고 수석대표답게 그냥 한마디 하시오.'

최성종의 그 짧은 기도하는 듯한 바람이 들려서인지 아니면 이한목도 이미 생각했던 것인데 최성종이 약간 당혹스러워하는 것으로 잘못 본 것인지 의외로 이한목이,

"좋습니다. 그렇게 하지요."
하고 대답하는 것이 아닌가?

최성종은 마음을 놓으며 한숨을 쉬려는 찰라 의외의 소리를 들었다.

"그럼 오늘 낮 회담은 끝난 거네요. 의전 관계야 상호 실무자들이 만나 이야기하면 될 것이고 오늘 낮 회담은 다했습니다. 안 그렇습니까?"

북쪽 김영섭이 호탕하게 웃으며 한마디 하자,

"그렇네요. 지금 서로 이야기한 것을 공동 합의문으로 작성해서 발표만 하면 끝이네요."
하고 이한목 남쪽 대표도 말을 받았다.

"그럼 합의문 작성을 실무진에서 하는 동안 잠시 쉴까요? 뭐 이견이랄 것도 없이 쉽게 합의가 도출됐으니까 30분 있다가 다시 봅시다."

이한목과 김영섭이 동시에 자리에서 일어섰다.

취재를 하던 모든 기자들은 조금은 황당해 하기 조차했다. 말 한 마디에 꼬투리를 걸고 합의문에 까지 수석대표가 일일이 간섭해 글자 한 자까지도 꼬투리를 잡아 회담 중간에 나머지는 내일로 미루어 저녁 비공개 회담의 배팅을 유리하게 이끌어 가고 난 후, 저녁 비공개 회담이 만족한 결과가 나오지 않으면 내일까지라도 끌고 가서 최대한의 배팅을 얻어낼 것이라는 자신들의 혼자만의 상상에 어긋났기 때문에 모두가 조금은 황당한 것이다. 게다가 한편으로는 너무 쉽게 생각을 허물고 회담이 쉽게 끝나자 혹시 번복되는 것이 아닌가 하는 불안이 깃든 것도 전혀 무시할 수는 없었다.

그래도 송고는 해야 한다. 최성종이 송고를 위해 4층 기자 숙소 한쪽에 마련된 기사 전송실로 향하기 시작하자 그제야 다른 신문사 기자들도 잰 걸음으로 뒤를 따랐다.

13

"참, 거 희한하네요. 이렇게 싱겁게 끝나면 모레까지 있을 필요도 없이 내일 돌아가도 되겠는데요?"

합의문 발표 모습을 취재하기 위해 1차 송고를 마치고 다시 3층 대회의실 주변으로 모여든 기자들 가운데 누군가가 먼저 입을 열자,

"그러게 말입니다. 이거 꼭 뭔가 한방 맞은 기분인데요? 이렇게 쉽게 쫑날 일을 60년을 끌어 왔으니 그게 더 미칠 것 같네요."

그랬다. 그 말이 맞는 것 같았다. 이렇게 불과 몇 분 만에 끝날 일을 그리 많은 목숨을 앗아간 6.25동란과 테러와 또 남에서는 그 사상을 악용한 정권 밑에서 억울하게 죽어 간 백성들과 북에서는 북에서 대로 외부와는 일체 차단된 체제에 계란으로 바위를 치는 무모한 저항을 하다 죽어간 저 수많은 백성들을 생각하면 억울하다 못해 미쳐야 정상일 것 같았다.

국민신문 정치수 기자와 대한일보의 오정열 기자가 무슨 이야기들을 나누며 최성종이 있는 곳으로 왔다.

"선배님, 뭔가 이상하지 않으세요?"

오 기자가 묻는 말에,

"왜? 오 기자도 미칠 것 같습니까?"

하고 최성종이 밑도 끝도 없는 말을 던졌는데 정작 그 말을 받아 대답한 것은 정 기자였다.

"아니? 선배님, 어떻게 아셨습니까? 그렇지 않아도 여기 오 선배님께서 이렇게 쉽게 날 결론이라면 왜 60년이나 끌었냐면서, 혹시 우리 모두를 미치게 하려는 수작은 아닌가 걱정된다고 하시고는 그보다 더 미칠 일은 만약 이 결정이 번복되어 없던 일이 되거나 아니면 추후 다시 논의하는 어쩌구 해 가면서 지난번처럼 없던 일로 하자느니 어쩌느니 하는 날에는 우리 모두가 미쳐버릴 텐데, 이 일이 제발 현실로 무사히 이대로 이기만 바란다고 하셨는데 선배님도 그런 생각을 하셨습니까?

저는 아직 어리고 경험이 부족해 그런 생각까지는 못했지만 그냥 뻥 뚫린 머리를 이고 있는 기분입니다. 참, 정말 본사로 송고는 하셨습니까? 저는 어안이 벙벙하다가 여기 오 선배님 송고하시기에 따라서 하기는 했습니다만 이게 제대로 한 것인지 모르겠습니다."

정 기자의 말을 들으며 최성종은 혼잣말로 중얼거렸다.

"자네가 어려서도 아니고 경험이 부족해서도 아닐세. 여기 있는 우리 모두가 지금 그 심정이니까…"

다행히도 최성종을 비롯한 모든 기자들이 우려했던 것처럼 합의문 도출 과정은 시간을 끌지도 않았고 번복되지도 않은 채 불과 20여분 만에 이루어졌고, 본사에 송고를 마쳤는 데도 3시가 채 안된 시각이었다. 다만 우려했던 것을 뒤집고 오히려 보너스가 나왔다면 합의문을 서명 낭독하는 자리에서 북쪽이 이참에, 그러니까 내일 오전 회담에 열차 운행의 세부적인 것까지는 합의를 도출하지 못하더라도 적어도 큰 틀에서 합의점을 도출했으면 한다는 뜻을 전해 왔다는 것이었다.

그것은 신선한 충격이 되기에 충분했다. 국내 기자들은 생각지도 못했던 이 일을 어떻게 받아들여야 할까를 서로 얘기하며 송고를 하였지만, 외신 기자들은 생각지도 못한 상태에서 얻은 특종이라 본국으로 송고하느라 난리 법석을 떨고 있었다.

"최 선배님, 도대체 이게 뭔 사건이죠? 도라산역에서 개통식 하는 것만 가지고도 흥정을 붙을 것이라 생각했는데, 의외로 그건 아예 대상도 없이 공연히 우리끼리의 걱정인가 싶더니 이번에는 아예 이참에 열차 운행의 가시적 안을 세우자니 도대체 이게 꿈으로 끝나는 것은 아닙니까?"

분주히 원고 송고를 끝내고 동료 기자들과 잠깐 이야기를 나누던 오 기자가 다가서며 물었다. 최성종은 자신도 가눌 수 없는 흥분에 사로 잡혀 있다는 듯 약간은 상기된 목소리로,

"글쎄, 꿈으로 끝나면 억울해서라도 살 수 없겠지. 그보다는 도대체 왜 북에서 유독 이번만은 이렇게 호의적으로 나오느냐는 것이 더

궁금할 뿐이네."

"BBC와 G TV를 비롯한 유럽 방송사 아이들은 지금 신이 나서 난리예요. 이런 특종이 터졌을 때 CNN이 오지 못해서 자기들끼리 축제를 벌이는 기분인가 봐요. 우리나라 TV들도 지금 현지 연결하고 난리들을 치는데 뭐 보도를 할 것이 있어야 하죠.

너무 싱겁게 게임이 끝나다보니 오히려 할 말이 없는 것 같아요. 저도 신문사에 송고하고 나니까 데스크에서 뭐 잘못 안 것 아니냐고 역으로 물어 오더라니까요? 도대체 무엇이 무엇이고 어디가 어딘지를 모르겠어요."

계속되는 북에 대한 압박과 일본의 덩달아 춤추기를 싫어하던 북이 이번 취재 허가에서 미국과 일본 언론사들은 일제히 배제를 시킨 덕분인지 영국, 독일 등 유럽 쪽 언론사들은 더 열심히 취재에 열을 올리고 있었다. 그동안 엄밀히 말하면 세계의 모든 언론들이 보도의 주도권을 미국 CNN이나 NEW YORK TIMES, WASHINGTONE POST에 빼앗기고 자신들은 그들이 보도한 내용의 뒷북이나 치고 다닌다고 생각하며, 특종일수록 사건의 변죽만 울리고 다닌다는 생각을 끊어 버릴 수 없었던 것이 사실이었다.

그런데 이번 기회가 그들에게는 얼마나 절호의 기회라고 생각했겠는가? 씨앤앤은 물론이요 뉴욕 타임즈나 워싱턴 포스트는 그림자도 볼 수 없는 상황에서 이런 특종을 던져 주었으니 그야말로 변죽을 울리는 것이 아니라 정곡을 찌르는 보도를 하고 있다고 생각했을 것이고, 이 보도를 미국의 각 언론이 인용보도하고 있을 터이니 메이플라워호 이후로 유럽의 자존심을 살리는 최대의 기회라고 생각하면서 그만큼 취재에 열을 올리고 있었다.

그들에게는 단순히 취재였다. 그들에게 어떤 아픔이 있을 까닭도 없었고, 이렇게 일이 쉽게 풀리는 것에 대한 일점의 의혹을 가질 필요도 없었다. 그냥 자신이 취재하는 지금 이 순간, 세계가 깜짝 놀랄 사건이 터져준다는 그 사실이 고마웠을 뿐 더 이상의 어떤 생각도 필요치 않았다. 한 아름 안아도 모자를 것 같은 뿌듯함에 젖은 외신 기자들과 카메라맨들은 그저 연신 바삐 움직이고 있었다.

카메라 촬영이 건물 외부와 주변 경치를 현관에서 찍는 것과 내부는 경비병을 제외하고 어떤 촬영도 허용된 터라 더 기쁘게 보도에 열을 내며 본국과 연결되어 생방송으로 진행되는 화면 앞에서 한 말을 또 해가며 9월 30일 도라산역에서 남북 철도가 하나로 이어진다고 열을 올리고 있었다. 지구상의 유일한 분단국가 한반도, 대한민국의 아픔이 그들에게는 좋은 보도 자료의 하나일 뿐 그 이상도 이하도 아니었다.

"쟤들이 아주 신이 났네, 그려."

최성종이 오정열 기자를 보며 묻는 말에 언제 와 있었는지 정치수 기자가,

"신이 나도 보통 신이 난 것이 아니죠. 마치 저 애들 좋아하라고

북에서 선물 보따리 푼 것 같다니까요? 기실 자기들은 좋은 것 하나도 없으면서 세계 평화가 한 발자국 가까이 다가온 기분이라나 뭐라나 해가며 난리들이에요. 왜 이 사건이 중요한지는 자기들이 진심으로 알기나 할까요?"

정 기자의 말을 듣던 최성종이,

"왜? 그래도 우리만큼은 못할지 몰라도 저 친구들도 정말 평화를 원하는 친구들이라면 기쁘지 않겠어? 전쟁 없는 지구에서 살고 싶은 거야 모든 인류의 소망일 텐데."

라고 말하며 제발 이 꿈처럼 붕 떠 있는 지금이 가라앉지 않기만을 간절히 바라고 있었다.

설왕설래하던 취재와 송고 현장이 어느 정도 정리가 되니 4시가 다 되어가고 있었다. 휴게실에 있던 많은 기자들은 쉬기 위해서인지 각자의 방으로 돌아가고 최성종과 서너 명의 기자들만이 담배를 피우고 있었다. 최성종은 혼자 앉아 있는 것이나 마찬가지인 기분으로 담배를 피우고는 자리에서 일어나 방으로 향했다. 항상 그랬다.

취재가 끝나고 나면 썰렁하게 민물 빠지듯 흘러 나가는 기자와 인파. 그 뒤에 남는 것은 공허뿐이었다. 더더욱 송고를 끝냈을 때, 그 것이 특종에 가까운 기사일수록 가슴 한 구석은 늘 공허로 가득 찬 빈 가슴이 되었고, 누구라는 대상도 없이 불러 앉히고는 무엇인가 속 시원히 이야기라도 해야 할 것 같은 기분에 젖어 가까운 동료나 혹 타 회사라도 마음 맞는 기자들과 자리를 함께 하고 술이라도 한 잔해야겠다는, 그러면서 이야기나 실컷 나누고 싶다는 마음으로 막상 자리를 하고 나면 할 얘기도 없는 항상 그런 기분이었다.

그래서 늘 나누는 이야기는 항상 있을 수 있는데도 발표되지 않은 뒷이야기에 해당 할듯 싶은 이야기만 가정에 가정을 엮어 이야기 하게 되고 그것이 정설인 듯도 싶어 캐내면 특종도 나오고는 하는데 대북 문제에 관한 보도에 대해서는 어느 누구도 캐낼 생각도 하지 않을 뿐만 아니라 캐내려 하지도 않았다.

캐낸다는 것 자체도 무리가 될 뿐만 아니라 캐내도 국익에 전혀 도움이 되지 않는다는 것을 누구나 잘 알고 있는 터였다. 다만 그 대상이 돈이 되었든 물자가 되었든 중간 통로가 있어 그리로 새지 않고 그저 제 목적지에 잘 도착해서 본래 그것을 기증해 주신 분들의 뜻대로만 쓰여 주기만을 바랄 뿐이었다.

최성종이 방에 돌아오자 오정열 기자는 벌써 침대에 누워 하늘을 올려다 보며 무엇인가를 생각하다가 벌떡 일어났다.

"아니, 왜 일어나? 그냥 쉬지?"

자기에게 예를 갖추느라 자리에서 일어난 오정열에게 미안한 마음이 들어 최성종이 한마디 하자,

"아닙니다. 그냥 앉아 있자니 그렇고 해서 잠시 누운 거지 뭐 피곤한 일이 있는 것은 아닙니다. 그러지 않아도 이제나 저제나 선배님 오시기만 기다렸는데…."

오정열이 자기를 기다렸다는 소리를 듣자 최성종은 오 기자가 무

언가 할 이야기가 있음을 알고는,

"그래요? 왜? 무슨 할 이야기라도?"

하며 운을 띄우자,

"그것이 말입니다. 아무리 생각을 해 봐도 뭔가 꿍꿍이가 있는 것 같거든요? 왜 그렇게 쉽게 북이 이미 결정하고 있었을까요? 게다가 보너스까지 얹어서. 전 도대체가 뭔가 뒷거래가 사전에 있지 않았나 하는 의혹을 떨칠 수가 없어요. 이제까지 숱한 남북회담을 보아왔지만 이런 경우는 처음이지 않습니까?"

그것은 그랬다. 최성종은,

"글쎄? 나도 그 속을 모르니까 쉽게 말하면 우리끼리의 추리에 들어가자? 우리가 여의도 술집 구석에서 뒤풀이 하러 만났을 때처럼 미스터리 극장을 시작하자?

음, 이번 일은 쉽게 안 풀릴 텐데 그냥 기다려 봅시다. 뭔가 꼬투리라도 나오겠지. 저녁 회담도 남았고 내일 회담도 있으니 그 결과를 보고 종합문제를 푸는 것이 더 효과적이지 않겠어?"

최성종은 진심이었다. 꼭 류영수를 만나서가 아니라 지금은 아무 생각도 골똘히 하고 싶지 않았다. 그냥 쉬고 싶었다.

"복중 더위에 아무리 에어컨이 돈다지만 나는 목욕이나 좀 해야 될 것 같으니 먼저 샤워 좀 하리다."

최성종은 그 말을 남기고 세면장으로 들어섰다.

최성종이 샤워를 끝내고 나왔는데도 오정열은 여전히 침대에 걸

터앉아 무엇인가를 생각하다가 최성종이 나오자,

"제 작은 머리로는 영 이렇다 할 생각이 나지를 않습니다. 저도 나중에 종합문제로 풀기로 했어요. 참, 그리고 이따가 저녁 회담은 8시부터라는데⋯."

최성종과 류영수가 묵계로 8시에 만나기로 한 것을 들었던 오정열의 끝을 흐리는 말꼬리를 최성종이 잡으며,

"글쎄올시다. 아무래도 난⋯."

하며 최성종이 말끝을 흐리자 이번에는 오 기자가 최성종의 말끝을 잡아주었다.

"만나 뵙고 천천히 내려오세요. 제가 절대 최 선배님 자리 비우신 흔적 나지 않도록 철저히 보도 자료 챙기고 있을게요."

고마웠다. 최성종은 그 고맙다는 표현을 하고 싶은데 오정열이 다시 입을 열었다.

"나중에라도 제가 이런 자리에 다시 설 수 있다면 영광일 겁니다. 최 선배님이야 저희 글 밥 먹는 사람 모두가 존경하는 분인데 이렇게 저를 믿어 주시니까요."

그런 말을 해주는 오 기자에게 고마우니 어쩌니 하는 것은 사족 이상의 아무것도 아니라는 생각이 들어 최성종은 열려던 입을 굳게 닫았다.

14

     저녁 식사 시간은 6시부터였는데 이제 겨우 5분 지난 시각에 벌써 모든 기자들이 다 모인 것처럼 식당 안이 만원을 이루고 있었다. 예측을 불허하는 이번 회담의 야간 회담 취재를 위해 서둘러 저녁 식사를 끝내려는 생각은 너나 할 것 없이 똑같은 것 같았다. 식당에서는 대개가 말없이 식사를 하고 있었다.

    삼삼오오 자리는 같이 하고 있었지만 굳이 이 상황에서는 할 이야기도 없었겠지만, 서빙 하는 북쪽 종업원들 듣는 곳에서까지 이야기할 정도로 급한 문제도 없을 뿐더러 공연히 말 잘못해서 북쪽 종업원을 희롱했다는 등의 작은 구설수에라도 오르고 싶지 않다는 마음을 갖고 있는 터였다.

    최성종도 오정열과 앉아서 별 이야기도 없이 식사를 끝내고 휴게

실로 와서 막 담배를 피워 무는데 정치수 기자가 오더니,

"모두들 무슨 설레임이 있는 사람들처럼 일찍들 식사를 하러 오셨더라구요. 저녁 회담에는 또 어떤 이벤트가 벌어지려나 하는 설레임이요."

정 기자가 혼자서 이야기하며 자리에 앉는 모습을 보던 최성종이,

"이벤트라? 그래, 정 기자가 아주 말을 잘 붙이는군. 맞아, 이번 회담은 연속적인 이벤트 같아. 그것도 아주 놀랄 깜짝 이벤트 말이지."

최성종의 머리에는 이제까지의 이벤트 말고 잠시 후 8시부터 벌어질 혼자만의 이벤트를 포함해서 그림을 그려가며 중얼거리듯 말을 하다가,

"그런데 이벤트는 대개가 일회성 아닌가? 그러니 이벤트로 끝나지 않기를 바라야겠네, 그려."

하면서 정치수를 쳐다보았다.

그 후로 정치수와 오정열이 무슨 이야기인가를 주고받으며 여러 가지 이야기를 하였으나, 무슨 이야기를 하였는지 최성종의 귀에는 들어오지 않았다. 이제 곧 류영수와 이십여 년 만의 재회에서 과연 류영수가 어떻게 변해 있을까가 더 궁금할 뿐이었다.

사상이 더욱 굳어져서 경직 되어도 좋고, 나를 거의 잊어도 좋다. 그저 건강하고 이 살기 어려운 북녘 땅에서 제발 제 위치만 찾아 다시는 나를 친구로 생각지 않고 적으로 여길 것이라 선언하는 자리가

되어도 좋으니 제발 너 하나만은 죽을 때까지 아무 걱정 없는 위치가 되었다는 것만 알려다오.

최성종은 진심으로 기도하는 마음이 되어 혼자 생각하고 있었다. 아니, 진심으로 기도를 하고 있었다.

"최 선배님, 저희도 이제 회담장으로 내려가죠? 모두들 내려가는데. 기류가 하도 급박하게 생각지도 않았던 방향으로 흘러가니까 일찌감치 내려가서 자리 잡고 스탠바이 하려나 봅니다."

정 기자가 내려가자고 부르는 소리에 최성종은 하던 기도를 멈추고,

"아, 그래. 우리도 내려가야지. 참, 나는 좀 챙길 것이 있어서 조금 후에 내려 갈 테니 오 기자하고 먼저 내려가지. 먼저들 내려가 있으면 내 곧 뒤따라 내려 갈 테니."

최성종은 여기에서 류영수를 기다려야 했기에 정 기자와 오 기자를 먼저 내려가라고 하자 정치수가,

"무엇을 챙기시는지는 모르지만 이번 일과 관계된 것이면 저희도 함께 챙기면 안 될까요?"

하며 혹시라도 최성종 혼자서 무슨 특종이라도 챙기는 것이 아닌가 하는 기자 특유의 물고 늘어지는 근성을 발휘하려 하자 눈치 빠른 오정열이,

"참, 사람도. 최 선배님이 그럴 분인가? 이번 사건 특종감이 있으면 먼저 알려 주실 분이라는 것 누구보다 잘 알면서 왜 그러나? 뭔

돈과친덕 /

가 개인적으로 챙길 것이 있으신가 보지. 자, 우리 먼저 내려가자구. 뒤따라오시게 하고."

오 기자가 정치수와 함께 내려가고 나자 최성종은 지그시 눈을 감고 북경에서의 생활을 그려보려고 하였으나 자꾸만 낮에 보았던 류영수의 얼굴만이 떠오를 뿐 북경에서의 류영수는 떠오르지 않았다. 최성종은 아예 눈을 뜨고 켜져 있는 TV를 응시했다. 마침 조선 중앙 TV의 뉴스가 나오고 있었는데 여기에서도 역시 철도개통문제를 보도하고 있었다.

〈북남 간을 잇는 통일 철도를 개통시키기 위하여 지금 북남의 대표들이 개성 모란장에 모여 회의를 하고 있는데 위대하신 지도자 동지의 탁월하신 영도력에 의한 넓으신 아량의 양보하는 정치로 아주 순탄하게 진행 중이며, 오는 9월 말이면 북남의 통일 철도가 개통이 되어 10월 초면 열차를 타고 남에 여행을 다녀올 수 있는 시절이 올 것이다.

그러나 이 모든 것이 어떠한 어려움과 미 제국주의를 비롯한 일제와 서구 열강들의 방해 공작이 있더라도 양보한다는 정신으로 회담에 임해 반드시 이번 회담을 성사시키라고 스스로 조국 통일과 민족 대동단결을 위하여 양보하는 모습을 보여주신 위대한 지도자 동지의 양보정신의 교지에서 비롯된 대대손손 경하드릴 지도자 동지의 은혜에 힘입은 것이다.〉

이런 내용으로 보도를 하고 있었는데 이것은 보도라기보다는 차라리 김정일을 찬양하기 위해 특집으로 엮어 놓은 방송 같았다. 그러나 최성종은 아무 생각 없이 그 방송을 보고 있었다. 문득 방송이 멈추고 몇 가지 인민에게 알리는 공지사항 같은 것이 나오더니 8시를 알려 준다면서 프로그램이 바뀌었다.

8시.

최성종은 자신의 손목시계를 보았다. 손목시계도 정확히 8시를 가리키고 있었다. 이제 올 때가 되었다. 4층 휴게실은 텅 비어 최성종만 있었고, TV 소리만이 들릴 뿐 아무도 없는 것이 적막을 만들어 내고 있었다.

비록 TV가 켜져 있어서 소리가 난다고는 하지만 이것은 아무 대응도 반응도 없이 그저 빈 공간을 울리는 혼자만의 소리였기에 그 울림이 듣는 사람으로 하여금 오히려 더 적막하게 느껴지도록 하는 것 같았다.

2~3분이 지났을까?

엘리베이터 멈추는 벨 소리가 나더니 곧 이어 '충성' 하는 구호가 들렸다.

왔구나!

순간 최성종은 오줌이 마렵다고 느꼈다.

시험을 치를 때, 내동 괜찮던 것이 시작종이 울리고 시험지를 배포하기 시작하면 영락없이 오줌이 마렵다. 그러나 막상 시험지를 받아 들고 답안지를 써 내려가기 시작하면 내가 언제 그랬냐는 듯 오줌이 마렵다는 생각조차 없어진다.

지금 최성종이 그랬다. 오줌이 마렵다는 생각은 뚜벅뚜벅 군화 발자국 소리가 가까워 올수록 더했다. 휴게실이 엘리베이터에서 내려 복도 끝까지 와서 모퉁이를 돌아 있는 까닭에 약간의 시간이 걸리는데 그 사이가 꽤나 오래 되는 것처럼 느껴지고 있었다. 구두 발자국 소리가 모퉁이를 돌아서는가 싶더니 류영수의 모습이 나타났다.

최성종은 자신도 모르게 벌떡 일어섰다. 류영수도 최성종 앞까지 오려면 아직 열 걸음도 더 남았는데 벌써 양팔을 벌리고 있었고, 둘은 달리는 순간 마치 그 옛날 북경에서 처음으로 자신들의 아버지가 그리던 친구의 자식임을 확인하는 순간 으스러질 듯 힘껏 껴안고, 그렇게 힘껏 껴안는다면 마치 둘이 한 몸뚱이가 되기라도 한다는 듯 그렇게 힘찬 포옹을 나누었다.

다만 이 포옹에서 그때와 다른 것이 있다면, 그 때는 가슴에 '쿵' 하고 무언가 떨어지는 소리가 들리는 것 같았는데 지금은 가슴에 무엇이 떨어지는 것이 아니라 가슴이 마냥 비어서 허전한 것을 대신해 주기라도 하려는 듯 두 사람 모두 여름 장맛비에 낙숫물 흐르는 듯한 굵은 눈물을 흘리고 있다는 것이었다.

짧지만 긴 포옹이 끝나고 두 사람 모두 눈물을 훔치며 류영수가 먼저 입을 열었다.

"길게 이야기할 시간이 안 될 것 같구나. 저녁 회담이 그리 길지 않을 거야. 그래, 건강하지. 부모님과 식구들도 안녕하고?"

류영수의 첫마디는 시간이 없으니 요점만 이야기하자는 것과 더불어 숨도 쉬지 않고 식구들의 안부를 묻고 있었다.

"그래. 나는 잘 지냈다. 너는 어떻게 지냈니? 부모님과 식구들도 안녕하지?"

최성종도 거침없이 안부를 물었다.

"그래. 나도 또 우리 식구 모두 안녕하다. 사실, 나는 네가 오늘 취재 오는 것 사전에 알고 있었다. 중앙신문에서 취재 오는 기자가 누구인지부터 확인 했더니 너더구나. 진작에도 네가 북으로 취재 오는 것은 알고 있었지만 전에는 내가 나설 자리도 아니고 또 상황도 그렇게 되지 못해서 보고 싶어도 갈 수가 없었다. 다행히도 오늘 도라산역 개통식이 결정 나고 9월말 북남통일 철도가 개통되면 또 기회는 많지 않겠니?

참, 너 개통식 때에도 취재 나올 거지? 나 그때도 경비 대장으로 지도자 동지 모시고 남에 갈 거야. 그러니까 그때 또 볼 수 있어. 그동안 내가 너를 만나려고 기를 썼으면 너 북에 취재 올 때 잠시라도 볼 수 있었겠지만 때를 기다리며 공연한 오해 불러일으킬 수 있는 일은 삼갔다."

"잘했다. 이렇게 다 때가 오는데 굳이 공연한 문제를 만들 필요는 없지. 사실 나도 북에 몇 번 취재를 오면서 그때마다 네 생각 많이 했어. 경비하는 군관들을 볼 때마다 혹시 네가 아닐까 찾아 봤지만 볼 수가 없어서 궁금했는데 이렇게 만나다니 꿈만 같구나."

"그래. 사실 이번에 네가 취재기자 명단에 없었으면 나 경비대장 안 나왔을 거다. 사전에 확인해 보니 네 이름이 있기에 나온 거야. 참, 이것 챙겨가라."

류영수는 무언가를 싼 작은 꾸러미를 내 놓았다.

"이거 이번에 고향에서 캔 감자와 이곳 개성에서 나온 인삼 두 뿌리 쌌다. 아버님 같다 드리면 좋아 하실 게다."

류영수가 내놓는 꾸러미를 받으며 최성종이 무엇인가를 말할까 말까 망설이듯 입을 움찔거리다가,

"그래? 그런데 사실은 아버님 재작년에 돌아가셨어. 하지만 어머님은 살아 계시고 다행히 며칠 후가 아버님 제사니까 내가 꼭 제삿상에 올려놓을게. 아마 아버님께서 돌아가셔서라도 아주 기뻐하실 거야."

최성종은 류영수가 건넨 보퉁이를 챙겨 한쪽으로 놓으며 이번에는 자신이 갖고 있던 무언가 들어있는 부피가 꽤 되는 봉투를 내 놓았다.

"이것은 내가 북에 처음 취재 올 때부터 매번 혹시나 혹시나 하며 갖고 다니던 술이야. 남쪽에서는 꽤나 알아주는 민속주로 유명한 술이거든. 너도 이것 아버님 갔다드려. 우리 아버님 말씀으로는 네 아버님도 약주 꽤나 좋아하신다고 하셨잖아. 전에 북경에서 네가 네 아버님 닮아 술 잘 마실 거라며 자꾸 마시라고 하던 것 기억나지? 자, 그리고 이것은 달러니까 네가 바꿀 수 있을 거야. 다른 생각 말고 받아서 아버님 용돈으로 드려."

최성종은 굳이 선물 티가 나지 않게 대충 싸서 봉투에 담은 술과 미화 100달러짜리 열 장을 류영수의 손에 쥐어주었다. 류영수는 그 것을 받아 든 채로,

　"사실은 우리 아버님도 5년 전에 돌아가셨어. 하지만 이 술은 내 꼭 아버님 제주로 쓰마. 그러나 이건….."

하며 달러를 돌려주려 하자,

　"그럼 어머님 드리면 되잖아."

하며 최성종이 손을 도로 밀자,

　"그래, 그럼 그렇게 하자. 어머니께서 기뻐하실 거다. 아니, 아버님도 기뻐하실 거야. 이렇게 네가 살아서 나와 다시 만났다는 것만 아셔도 기쁘실 텐데. 내가 중국에서 돌아와서 너와 네 아버님 이야기를 했더니 어찌나 기뻐하셨는지…. 죽기 전에 꼭 한 번이라도 보고 죽었으면 좋겠다고 하셨는데…. 돌아가시기 얼마 전에도 내가 너라도 만날 수 있으면 꼭 네 아버님 소식 좀 알아오라고 말씀하시곤 하셨어."

　류영수는 봉투를 챙기고 미화 1,000불을 주머니에 넣으며 돌아가신 아버지 생각에 잠시 빠지는 듯 하더니,

　"이제 그만 가야될 것 같다. 몇 분만 더 있으면 회담이 끝날 거야. 저녁 회담이 길지 않을 것으로 예정되어 있거든. 하지만 우리는 곧 또 볼 거니까 오늘은 아쉬운 대로 여기서 끝내야 되겠다."

　그러자 최성종이,

　"내일 저녁에는 시간 없니?"

하고 묻자,

"내일? 참, 내가 그 얘기를 안 했구나. 오늘 저녁과 내일 오전 회담으로 아마 회담이 끝날 거다. 내일 오후 회담이 없기 때문에 남쪽 대표단이 점심 후에 철수할지도 몰라. 이것은 아직 공식 발표는 안 된 거지만 그럴 가능성이 많으니까 너만 알고 있어. 그리고 이제 너와 나는 굳이 개통식 때가 아니더라도 또 만날 거야. 이번 일은 지도자 동지께서 특지로 내리신 일이라 중간에 틀어지거나 하는 일 없을 거야. 알았지?"

류영수는 무언가 확신에 찬 눈으로 최성종을 바라보며 얘기했다.

"그래, 알았다. 하지만 아무리 내가 기자라 하더라도 공식 발표하기 전에 발표해서 네 입장 곤란하게 하는 일은 없을 테니 안심해. 그리고 이것은 내 휴대폰, 우리 집 전화와 주소, 직장 전화, 내 전자우편 주소 등 내게 연락 가능한 모든 사항을 적은 종이다. 가능한 일인지는 모르겠지만 혹 남에 갑작스레 오든가 중국이나 외국에 가서라도 시간 나면 연락하라고 준비한 거다. 챙겨가라."

최성종이 자신의 연락 가능한 모든 것을 적은 종이를 건네주자 류영수가 받아 챙기며 자신도 최성종에게 종이 한 장을 건넸다.

"나도 아까 너보고 나서 네가 준비한 것처럼 이렇게 준비했다. 물론 연락하는 것이 쉽지 않고 또 연락 받는 나도 쉽지 않지만 혹시나 해서 준비했다. 가지고라도 있어라."

언제 이 연락처를 사용할 수 있을지 기약은 할 수 없었지만 일단은 주고받았다.

"정말이지 이젠 가 봐야겠다. 시간이야 괜찮지만 곧 회담 끝나면 눈들이 있으니까. 하지만 우리는 또 볼 거니까 건강해라. 그래야 기회가 주어질 때마다 만날 수 있지."

류영수가 '또 볼 것'이라는 것과, '기회가 주어질 때마다'라는 말에 유독 힘을 주며 아쉬움에 못 이겨 하는 인사였지만 최성종은 전혀 느끼지 못했다. 다만 최성종은 미처 또 볼 것이라는 것과 기회가 주어질 때마다에 류영수가 힘을 주어 말한다는 사실을 느끼기보다는 그저 헤어지는 것 자체가 서럽기조차 한 생각이 들어,

"그래. 너도 네 가족도 부디 건강해라. 그리고 뭐 특별히 필요한 것 없어? 남북 철도 개통식 때 내려오면 내가 준비했다가 가져다 줄 테니 있으면 말해."

"없어. 또 미처 생각도 안 했고. 내가 꼭 필요한 것 있으면 개통식 때 만나서 얘기할게."

그때 최성종이 문득 생각난 듯,

"참, 너 대좌까지 진급하는 동안 한 번도 축하를 못 했는데 몰아서 하자. 축하한다."

그러자 류영수가 빙그레 웃으며,

"그래? 고맙다. 그런데 나 다음달 1일부로 소장 진급한다. 그것까지 한꺼번에 축하 받은 것으로 할게."

둘은 마주보며 웃었다. 그러나 그 웃는 입으로 자꾸만 볼을 타고

흐르는 눈물이 마치 여름 장맛비에 임시로 물길을 연 고랑물 흘러들 듯이 흘러들어 두 사람의 입안이 짠맛을 느끼기에 충분할 정도였다. 그리고 서로 굳게 포옹하며 거의 동시에,

"또 보자."

하는 말로 마무리를 지었다.

군화 발자국 소리가 멀어지더니 '충성' 하는 군호가 났으나 엘리베이터 멈추는 소리는 나지 않았다. 다만 다시 '충성' 하는 군호 소리를 듣고는 최성종은 류영수가 저쪽 비상계단을 통해 내려가는 것이리라 생각하며 자신의 볼에서 아직도 멈추지 않고 흐르는 눈물을 닦으며 지금 비상계단에서 눈물을 닦고 있을 류영수의 모습을 떠올렸다.

계단이 구부러지는 중간 계단에서 소리 없이 눈물을 훔치고 있을 고급 장교의 모습을 떠올리면서 자신도 이제 회의장으로 내려가 보아야 한다는 사실을 새삼 깨닫고 눈물 자국이 표시 나지 않게 하려는 듯 얼굴을 쓱쓱 닦았다.

엘리베이터 쪽으로 향하다가 문득 엘리베이터 소리에 자신이 늦게 회의장으로 내려온 것을 많은 사람들이 알 수도 있다는 생각에 정식으로 통로로 인정된 계단을 이용해 내려가기로 했다.

15

        회의실이 있는 3층까지 계단을 통해 내려온 최성종은 모퉁이를 돌며 모퉁이 근처까지 가득 매운 채 회담장을 응시하며 옆에 있는 사람끼리 작은 소리로 무엇인가 이야기를 주고받고 있는, 약간은 웅성거리는 분위기로 기약 없이 무엇인가 나타나 주기만을 기다리고 있는 보도진 중에 오정열 기자를 찾으니 다행히 그리 멀지 않은 곳에 있었다.

    최성종은 복도 벽에 붙어 살며시 오 기자 쪽으로 다가가 툭 치자 고개를 돌려 최성종을 보더니 인쇄된 보도 자료를 한 장 주며 나직한 말로 속삭였다.

    "이것이 저녁 회담 보도 자료인데 조금은 이색적이에요. 회담도 하기 전에 보도 자료를 준 것도 그렇지만 이 내용 좀 읽어보세요.

    〈통일 철도 개통으로 인한 열차 운행에 관한 제안〉이라고 제목을 달아 놓고 북측이 남쪽에 제안하는 내용을 다 적어서 배포한 겁니다."

오 기자의 말을 귀로 들으며 최성종은 보도 자료를 읽기 시작했다.

〈통일 철도 개통으로 인한 열차 운행에 관한 제안〉

1. 금번 북과 남을 잇는 철도를 개통함에 있어서 그 철도의 명칭은 통일 철도라고 할 것을 제안하며 이번에 개통되는 통일 철도 이외의 추가 통일 철도가 개설될 때는 그 앞에 제1호, 제2호 등의 호수를 붙여 제1호 통일 철도, 제2호 통일 철도 등으로 불러 구분하도록 할 것을 제안한다.

2. 통일 철도를 달리는 열차의 명칭을 통일 열차로 할 것을 제안하며 열차 편수가 증가하여 두 편 이상이 될 때는 그 앞에 제1호, 제2호 등의 차량 호수를 붙여 제1호 통일 열차, 제2호 통일 열차 등으로 불러 구분하도록 할 것을 제안한다.

3. 제1호 통일 철도를 운행하는 제1호 통일 열차의 노선은 우선은 평양~서울 간의 단거리 노선으로 출발하여 차츰 상호간의 교섭을 통해 보완할 문제점을 보완 한 후 종국에는 신의주~부산으로 할 것을 제안한다.

4. 제1호 통일 열차의 운행 횟수는 1개월에 2회를 우선 시행해 보고 차츰 상호간의 협의를 거쳐 증편 혹은 감편 할 것을 제안한다.

단, 현재 개성 공단에 있는 남측 산업체들의 원자재 수송과 완제품 수송을 위한 화물 전용 열차는 별도 합의로 운행할 것을 제안한다.

5. 제1호 통일 열차는 출발부터 도착까지를 1회 3박 4일로 하는 특별 열차로 운행하여 중간 기착 없이 평양~서울을 직행으로 운행하는 것을 원칙으로 하여 운행을 시작하되 단, 북남 경비병들의 임무 교대와 승하차를 위하여 군사분계선 지점에서 1회 정차하며, 출발 시간 조절 등의 보완할 점은 북남 상호간의 합의로 도출할 것을 제안한다.

6. 제1호 통일 열차의 탑승객은 누구도 될 수 있으나 우선적으로 북남에 각각 노령의 부모님을 둔 흩어진 가족을 우선순위로 할 것을 제안한다.

7. 통일 열차를 탑승할 승객은 누구든지 1개월 전에 상호 명단을 교환하여 서로의 허가를 득하면 별도의 절차 없이 일괄 지급되는 탑승객 표찰로 신분증을 대신할 것을 제안한다.

8. 통일 열차 탑승객의 신분 검열을 각 열차의 경비병 임무 교대 시에 검문하는 것을 원칙으로 할 것을 제안한다.

9. 통일 열차로 북남을 상호 방문하는 승객은 북남이 사전 협의를 거쳐 준비한 계획에 맞추는 단체 행동만 허용되며 일체의 개인행동은 일절 허락하지 않는 것을 원칙으로 제안한다.

10. 통일 열차 및 탑승객의 안전을 위한 경비 업무는 군사 분계선을 기점으로 북과 남이 각각의 권역을 담당하여 경비병은 군사 분계선에서 서로 임무 교대를 하고 자기 권역에 내려 군사 분계선을 넘지 않도록 할 것을 제안한다.

11. 북남간의 별도 협의가 있을 때까지 당분간의 통일 열차 운행에 들어가는 일체의 비용과 탑승객의 숙식에 관한 일체의 비용을 남측에서 부담해 줄 것을 제안한다.

12. 9월 30일 통일 철도 개통식을 마치고 첫 통일 열차는 10월 초에 운행할 것을 제안하며 시행을 위한 사전 세부사항 논의 등을 위하여 민족 대축제인 8월 15일을 전후하여 실무자 회담을 열 것을 제안한다.

- 이상 -

"한 5분 전에 회담이 시작되었어요. 이례적으로 북쪽 대표단이 회담장에 들어가기 전에 이 보도 자료를 먼저 나누어주곤 브리핑을 하는 거예요. 오늘 저녁 회담은 이 보도 자료와 똑같은 자료를 남쪽 대표단에 건네주고 그 대답을 내일 오전 회담 때까지 받아 내일 오전 회담에서 합의를 도출할 거라구요.

혹시 남측이 타당하게 수정 제안을 요구해 오면 상호 합의하에 수정하겠다고 하더라구요. 그러면서 기자 양반들 고생하는데 회담 길게 하지 않을 테니 조금만 더 수고 하라면서 들어갔어요."

최성종이 눈으로 보도 자료인지 회담 합의문인지가 잘 구분 안 되는 자료를 읽는 동안 오 기자가 설명을 하고 있었다.

"희한하죠? 이제까지와는 다르게 매 문항 끝마다 '제안한다' 로 끝을 맺어서 우리측이 동의하지 않거나 수정을 요구하면 한시라도 받아 줄 준비를 하고 있다는 느낌이 물씬 풍기도록 만들어 놓고 있어요. 이제껏 한 번도 볼 수 없던 사전 브리핑인데다가 정중한 제안까지 이거 뭐 한 방 얻어맞은 것 아닌가요?"

오 기자의 말에 최성종은 씽긋 웃으며,

"왜 아니게. 이런 보도 자료가 외신 기자들에게까지 갔고 그들에게도 브리핑 되었으니 북쪽이 남북 회담 때마다 억지를 부리곤 했다는 것을 누가 믿겠나? 하기야 그들도 죽 겪어 왔으니까 알기는 알 테지만. 어쨌든 한 방 맞은 것은 확실해. 그러나 저러나 북쪽 사람들이 이렇게 철저히 준비할 때 우리는 무엇을 하고 이렇게 뒤통수를 번번이 맞나? 왜 꼭 반 박자가 늦는지 모르겠어. 제기랄."

최성종의 입에서 대상도 없는, 아니 그 대상이 너무나도 확실한 욕이 튀어 나왔다.

"선배님은 우리가 반 박자가 느리다고 하시지만 저는 자꾸 북이 한 박자 빠른 것 같아서 두려워요. 거 왜 있잖아요. 축구에서 반 박자가 느리면 골을 먹고 반 박자가 빠르면 골을 넣지만 한 박자가 빠르면 업사이드가 되잖아요. 이러다가 업사이드 되어 도루묵 되는 것 아닌가 모르겠어요. 그래서는 안 되겠지만 자꾸 그런 생각이 들어 불안하거든요?"

오 기자의 이야기를 들으며 순간 '지도자 동지가 양보를 해서라도 이번 일을 꼭 이루게 할 것'이라고 했던 류영수의 말이 생각났다. 그래서 최성종은 자신 있게 입을 열었다.

"절대로 도루묵 되는 일은 없을 거요. 또 그래서도 안 되고. 왜 북쪽 사람들이 이렇게 모든 것을 공개하는 줄 알아요? 설령 미국의 압력이 들어오더라도 우리 정부가 이번 일에 반대하거나 연장을 걸지 못하게 하려고 이러는 거야.

자네도 보도 자료 보았지만 여기에서 문구나 표현 몇 개 바꾸자고 할 수 있을지는 모르지만 안 된다고 거부할 게 무엇이 있어? 혹 12번의 경비 부담 문제라면 모르지만…. 하지만 이제껏 모든 경비는 남쪽에서 대 왔는데 그동안의 경비에 대해서도 물론 일부 안 좋은 여론도 있었다고는 하지만 통일 조국을 염원하며 이번 철도개통에 엄청난 기대를 거는 남쪽 여론도 있고 한데 이 역사적인 일에 어떻게 아니라고 대답할 수 있겠어? 이것을 비공개로 제안했다면 또 모르지만 이건 아예 공개구혼 아닌가? 이미 열차는 도라산역을 지나서 평양을 향해 달리고 있는 겁니다."

그때 회의실 문이 열리며 양측 수석대표의 모습이 보였다. 양측 대표가 나란히 서고 남쪽 수석대표인 이한목이 입을 열었다.

"이미 여러분께서 북쪽 배려로 받으신 보도 자료대로의 내용을 되도록 빨리 협의하고 합의를 도출하는 것이 옳을 것 같아 지금부터는 저희 대표단 끼리 숙의에 들어갈 것입니다. 되도록 내일 오전 회의 때 합의가 도출될 수 있도록 노력해 보겠습니다. 따라서 오늘 남북 대표단 회의는 이것으로 끝이 났습니다. 보도진 여러분, 수고 하셨습니다. 내일 오전에 다시 뵙겠습니다."

남북 대표단은 철수하고 보도진도 각기 제 할 일을 하기 위해 분주히 움직이기 시작했다. 최성종도 보도 자료와 함께 준비한 원고를 송고하기 위해 휴게실로 향했다. 아직 휴게실에는 많은 기자들이 모이지는 않았다.

미리 상당기간 준비한 듯한 북쪽의 보도 자료 배포라든지 회담에 임하는 태도를 어떻게 설명해야 할지의 기준을 정하기가 쉽지 않았을 것이다. 그러나 이런 때일수록 경험 많은 기자들은 그 해결방식을 쉽게 찾는다. 이렇게 스스로 어떤 해설을 써 붙이기가 힘이 든다는 생각이 드는 기사일수록 사실만을 써서 송고하면 된다. 이런 기사에는 굳이 설명이 필요하지 않다. 사실만을 그대로 써서 송고하면 나머지는 데스크에서 다 알아서 한다. 그리고 사실이 아직 어떤 결론이 나지 않은 회담이 아닌가?

내일 오전 회담이 끝이 나야 이렇다 할 결론도 나는 것이다. 하기야 이미 오늘 저녁에 모든 결론이 난 것이나 마찬가지만 지금 최성종에게는 그런 것을 깊게 생각할 마음의 여유도 없을 뿐만 아니라 사실을 사실대로 보도하는 것이 기자가 할 일이고, 판단은 그 기사를 읽는 독자들이 할 일이라는 것이 최성종의 이제까지의 보도 태도였다.

어떤 사실이 생겼을 때 그 사실과 그 사실이 일어난 배경, 그리고 그 주변의 상황만 정확히 독자들에게 알려주면 기자는 할 일을 다 하는 것이다. 기자는 작가가 아니다. 기자가 작가처럼 자신의 주관적 생각을 개입시켜 기사를 쓰다보면 그것은 기사가 아니라 소설이나 시처럼 작품이 된다는 생각이 최성종이 기사를 쓰는 원칙이었다. 최성종이 담배 한 대를 거의 피울 무렵 오정열 기자가 다가와 앉으며,

"선배님은 벌써 끝내셨나 보죠?"
라고 말하며 담배를 꺼내 물었다.

"응? 아, 예. 벌써라기 보다는 나도 지금 막 자리에 앉았어요. 오 기자도 생각 보다는 일찍 끝났네? 나는 별로 쓸 얘기도 없고 해서 그냥 사실대로 송고해 줬어요."

최성종이 아무 일도 안 했다는 듯 대답을 하자,

"그게 바로 최 선배님 매력이고 또 철학 아니십니까. 저도 최 선배님 그 철학과 매력에 영향을 받아 그것을 배우려고 부단히 노력하는데도 자꾸만 사족을 달게 되더라구요. 사족을 달지 않아야 기사도 깔끔하고 단순한 것 같으면서 공정성도 유지하고 또, 그래야 독자들이 쉽게 판단할 수 있는데 말입니다. 제가 이 바닥에 들어선 지 얼마 되지 않았을 때 선배님께 좋은 기사는 어떻게 쓰는 거냐고 여쭤어 본 적이 있는데 그때 선배님께서 대답하시기를,

'나도 잘은 모르지만 쓰기 쉬운 기사가 읽기도 쉬운 것 아니겠습니까? 사실을 사실대로 쓰는 기사가 잘 쓰는 기사 아닐까요? 기사를 쓰는 기자가 설명을 한다고 쓴 것이 잘못하다가는 의견을 말하거나 주장을 쓰는 오류를 범하는 경우가 있지는 않을까요?

하고 말씀해 주신 것이 제가 기사를 쓰는데 가이드 역할을 했던 것 같습니다. 특히 오늘처럼 예측 불허의 사건을 기사화 시킬 때는 저도 잘 모르는 사실을 굳이 설명하려 하지 않고 벌어진 사실과 주변 환경, 그리고 진행되는 타임 테이블로 원고를 대신하려고 노력합니다. 그래도 막상 활자화가 되고 나면 내가 사족을 많이 달았구나 하는 생각이 들기는 하지만요."

최성종은 갑자기 쑥스러워지는 것 같았다.

"내가 그런 좋은 말도 할 줄 아는가 보죠? 쑥스럽네요. 어쨌든 가끔 오 기자 글을 읽으면 깔끔한 인상을 받아요. 그 이유가 바로 거기 있었군."

"아직 선배님에 비하면 한참 멀었습니다."

최성종의 칭찬에 쑥스러움을 느낀 오정열이 겸손하게 이야기하는데 언제 왔는지 정 기자가,

"저도 신입 때, 그렇다고 지금 중견이라는 것은 아니지만, 이 신문 저 신문에서 가장 기사를 깔끔하고 명쾌하게 쓰면서도 정말 빠져서는 안 될 모든 것이 들어 있고 조사 하나조차 버릴 것 없는 기사가 최 선배님 기사라는 것을 알고 한 번은 취재 대기 중 긴 공백이 생기기에 옆에 다가가서 여쭤본 적 있습니다. 그때 지금 오 선배님께서 하신 말씀과 똑같은 말씀을 해 주셨어요. 지금도 저 역시 그 말씀을 기사 작성의 첫 번째 원칙으로 삼고는 있는데 아직도 제 주장이 자꾸만 들어가곤 해요. 최 선배님은 단순히 선배가 아니라 저희들의 대부라는 표현이 옳을 것 같네요."

정치수의 말을 듣던 최성종은 얼굴이 정말로 붉어지며,

"사람들하고는…. 쓸데없는 이야기는 그만 하고 이제 들어가서 닦고 자자고. 내일 아침에 일어나 또 일 해야 하니까…"
하면서 자리에서 일어나 방으로 향했다.

16

오 기자가 정 기자와 잠시 더 이야기를 나누고 방으로 돌아왔을 때 최성종은 이미 세면을 끝내고 침대에 걸터앉아 있었다. 오정열이 방으로 들어서는 것을 본 최성종이,

"오 기자! 아까는 정말 고마웠어."

하며 먼저 감사의 인사를 전하자,

"무슨 말씀을요. 제가 한 일이라고는 보도 자료 한 장 더 받아 놓았다가 드린 것뿐인데요. 참, 친구 분은 잘 만나셨어요?"

"덕분에 잘 만났지. 무려 이십여 년 만의 십여 분이라는 짧은 만남이라 아쉽기는 했어도 매일 만난 것보다 더 귀중하고 가치 있는 만남이었어."

불과 십여 분 만남의 아쉬움이라는 최성종의 말에 오정열이,

"내일 만나기로는 약속 안 하셨어요?"

하며 당연히 내일 만나는 것 아니냐는 어투로 물었다. 순간 최성종은 내일 오전에 돌아갈 수도 있다는 류영수의 말이 생각났다. '이 이야기를 오 기자에게 만이라도 해 주어야 하는가? 적어도 나를 저 정도로 믿고 또 내 말이라면 그만큼 따라주기도 힘든데, 그리고 내일 아침이 되면 다 알고 말일인데 굳이 오 기자에게까지 숨길 이유가 있을까?'

그러나 류영수 입에서 나온 어떠한 이야기도 공식 발표가 나오기 전에는 발표하지 않겠노라고 약속한 자신의 말을 지키기 위해서라도 이제까지 해 왔던 자신만의 표현 방식으로 귀뜸 정도로 끝내주는 것이 났겠다 싶어서,

"오늘 보도 자료 보니까 어디 내일 오후 회담이 있기나 하겠어? 북쪽에서 나누어 준 자료에 대답하고 나면 회담은 그대로 끝나는 것 아닌가 싶은데…. 내일 오후 회담이 없으면 자연히 모레 회담도 없을 것이고, 그리 되면 우리는 내일 돌아가는 것 아닌가?"

오정열은 순간 최성종이 류영수에게서 무슨 이야기인가를 들었을 지도 모른다는 생각을 하면서,

"최 선배님 오랜 경험에 의한 추리입니까? 아니면 누군가가 귀뜸해드린 겁니까?"
하고 물으며 최성종을 바라보자 최성종은 아무 표정 없이,

"글쎄, 어떻든 그럴 것 같다는 거지. 왜 오 기자 생각은 다른가?"
하며 반문하자,

"그 말씀 듣고 보니 그럴 것도 같네요. 섣불리 내릴 답은 아닌 것

같지만요. 어쨌든 최 선배님 친구 분 그냥 경비 대장은 아닌 것 같죠? 무언가 비중 있는 자리를 차지하신 그런 분 아닌 가요?"

하고 물으면서도 대답도 안 나올 일 공연히 질문했다고 생각하는데 최성종은 의외로 그 질문에 자신의 친구에 대한 확신이 가득한 목소리로 대답해 주고 있었다.

"오늘의 만남이 단순한 생사 확인 이상이었다는 것이 우선은 더 기뻐. 그 친구의 성장한 모습도 확실히 볼 수 있었고 말야. 단순한 계급이나 사회적 성장이 아니라 여러 가지로 성장한 그런 모습. 오히려 북경 유학 시절보다 더 확 트인 인상을 받았어. 뭐 특별한 얘기를 해서가 아니라 친구끼리의 느낌이랄까? 뭐 그런 것으로 볼 때 그 친구 참 많이 열렸어."

그러면서 최성종은 아주 밝은 얼굴로 말을 이었다.

아까 낮에는 내가 시간도 그렇고 해서 빼먹은 얘긴데 북경대에서 그때만 해도 중국 문학, 그 중에서도 현대 문학에서 제일 중요하게 다루는 과목이 모택동 어록이었지.

한번은 내가 일 때문에 수업을 못받고 밤늦은 시간에 내 방으로 돌아가서 그 친구 방에 가볼까 말까 망설이고 있는데 그 친구가 내 방을 노크하는 거야. 나는 밤늦은 시간까지 나를 기다려준 것이 고맙기도 하고 한편으로는 미안하기도 해서,

"왜 안자고 기다렸어? 미안하게."

하며 들어오라고 했더니 이 친구가 노트를 건네주며,

"오늘 수업이 중요한 수업이었다. 그리고 내일 또 그 과목이 들었는데 리포트를 꼭 내일까지 제출하래. 그래서 내가 네 것까지 써 보기는 했는데 읽어보고 마음에 들면 네 글씨로 베껴 써라."

하면서 리포트 써 놓은 것까지 주는 거야. 나는 고맙기도 하고 미안한 마음까지 들면서,

"오늘 내가 들을 수업은 모택동 어록 밖에 없었는데…."

하고 혼자 말을 하며 친구가 써온 리포트를 읽기 시작하는데,

"그러니까 중요한 수업이지. 중국 문학에서 그 보다 더 중요한 것이 어딨어?"

하면서 핀잔주듯 하는 거였어. 순간 나는 아무 생각 없이,

"왜? 내가 아직 현대 문학까지는 잘 모르지만 적어도 고대 문학에는 이백이나 두보처럼 훌륭한 시인들이 많았잖아? 현대 문학에서도 그 분들처럼 훌륭한 작가가 분명 있을 텐데."

하고 이야기하자,

"이백이나 두보처럼 하릴없이 세상 타령, 자연 타령만 하는 것보다는 모택동 어록이 한결 가치 있다는 것을 아직도 그렇게 모르니?"

하며 내가 오히려 답답하다는 듯 얘기하더니,

"바빠서 수업 빠지는 거야 어쩔 수 없다지만 수업 못 들으면 내가 노트 한거라도 자세히 공부 좀 해 봐라. 얼마나 가치 있는 글들인데. 그야 말로 하나하나가 그대로 보석이요, 진리라 버릴 것이 없는 글이다. 사실 네가 수업에 빠지는 시간이면 나는 너 보여 주려고 두 배는 더 열심히 노트한다."

그것은 나도 알고 있었던 일이야. 꼭 모택동 어록 시간이 아니라 자신은 별로 흥미도 느끼지 못하고 재미도 없어하는 고전 문학 시간에 배우는 것일지라도 내가 수업에 빠지면 아주 자세히 노트해서 건네주곤 했거든.

　　친구가 대신 써준 리포트를 베껴 쓰던 나는 모택동 어록을 그렇게 가치 있게 평가하는 친구에 대해 슬슬 장난기가 발동하기에,

　　"모택동 어록이 전부 모택동이 한 이야기만 쓴 걸까? 아닐 수도 있잖아? 모택동을 추종하는 사람들이 써 붙여 넣은 좋은 말들이 더 많을 수도 있지 않을까?"

하고 말을 던지자 이 친구 경색을 하며,

　　"그것은 아니다. 물론 한 두 곳이야 그럴 수도 있을지 모르지만 그런 것은 절대 아니다."

하면서 무엇인가 내게 반격할 것을 잠시 생각하는 눈치더니,

　　"물론 아까도 말했지만 한 둘은 아닐 수도 있겠지. 그렇다면 네가 믿는다는 예수님이 한 행동과 말씀을 기록했다는 성경이나, 자본주의 사회에서 많은 사람들이 믿는다는 불교의 불경은 꼭 부처가 다 쓰거나 말 한 것은 아니잖나. 후세에 쓰는 사람들이 많이 다듬고 고치지 않았어?"

하며 내게 들이대기에 내가 태도를 바꿔 웃으며,

　　"그냥 늦은 시간에 피곤해서 해 본 농담이다. 너무 신경 쓰지 마라. 앞으로는 모택동 어록 잘 공부할게."

하면서 껄껄 웃었더니,

"앞으로는 농담도 그런 것은 하지 마라. 너한테는 농담이 될 수 있지만 나는 아니다."

친구의 그 말을 듣는 순간 나는 깨닫는 것이 있었지.

'그렇다. 비록 지금은 이 친구와 내가 같은 방에서 서로 우정을 전제로 반말로 농담을 하고 있지만 이 친구의 중요한 것과 내가 중요한 것은 서로 다른 것이 많다. 특히 사상적인 것에서는 더더욱 그렇다. 이 친구에게 있어서 문학은 사상이다. 자연을 노래하는 언어의 아름다움도, 사랑을 이야기하는 마음의 아름답고 포근함을 언어로 표현하는 것도 이 친구에게 있어서는 아름다운 문학은 될 수 있을지 모르지만 중요하지 않다.

그것은 내게만 중요할 뿐이다. 몇 십 년 우리가 사는 모습이 그렇게 달랐는데 그것이 같을 수는 없지만 그렇다고 이렇게 다를 수 있나 하는 것은 내 생각일 뿐이다. 저 친구의 머릿속을 내 머릿속으로 잘못 판단하든가 내 머릿속 생각을 저 친구 머릿속 생각으로 만들려고 하다가는 다시 처음처럼 얼굴도 마주하지 못하는 사이로 돌아 갈 수도 있다.

저 친구를 존중해 주어야 하듯 이제까지의 저 친구의 삶도 인정해 주어야 한다면, 저 친구가 중요하다고 생각하는 것이 내게는 설령 중요하지 않더라도 저 친구가 중요하게 생각하는 것 자체는 인정해 주어야 하는 것이다. 그것이 저 친구와 나 사이에 흐르는 우정이라는 강물이 메마르지 않고 영원히 흐르는 필수 요소로서, 서로를 인정해 주기 위한 것이면서도 서로를 존중해주기 위해 건드리지 않아야 할 꼭 필요한 덫인 것이다.

　이미 친구는 그 덫을 몸으로 실천하고 있지를 않는가? 자기는 전혀 흥미도 없고 관심도 없는 이백과 두보의 문학도 나를 위해 몇 배 자세히 노트해 주지 않는가? 그것은 내게 중요한 것이 자기에게는 중요하지 않더라도 그것을 인정해 주고 있는 것이다. 내 생각이 저 친구만 못했고 저 친구에게 나는 뒤져 있다. 아니 친구 사이에 굳이 뒤지고 아니고를 따지지 않더라도 저 친구가 나를 사랑하는 것만큼 나는 저 친구를 사랑하지 못하는 것 같아 부끄럽다.'

　그날 밤 그런 나만의 깨달음을 얻은 후로는 그 친구와 더 허물없이 지내면서도 더 서로를 존중해 줄 수 있었거든. 기왕 이백과 두보 이야기 나온 김에 한 가지 더 얘기할까? 방금 말했다시피 그 친구는 이백과 두보의 문학이 중요하지 않다고 하면서도 나를 위해 노트만 잘 해 주는 것이 아니었어.

　자신도 역시 그 분들의 문학에 심취해 있던 거지. 언젠가 중국 고대 문학시간에 이백의 시 중에 우리말로는 '달 아래서 홀로 술을 마시며'라고 번역되는 월하독작(月下獨酌)이라는 시를 읽고 그 감상에 대해 각자의 의견을 말하며 토론의 장을 연 적이 있지. 나는 원래 대학 다닐 때부터 그 시를 좋아해서 지금도 암송하고 있어. 한번 들어 볼텐가?

달 아래서 홀로 술을 마시며

꽃나무 사이에서 한 병의 술을
홀로 따르네.
아무도 없이,
잔 들고 밝은 달을 맞으니
그림자와 나와 달이 셋이 되었네.
달은 술을 마실 줄 모르고
그림자는 나를 따르기만 하네.
잠시나마 달과 그림자 함께 있으니
봄이 가기 전에 즐거야 하지.
내가 노래하면 달은 거닐고
내가 춤추면 그림자도 따라 춤추네.
함께 즐거이 술을 마시고
취하면 각자 헤어지는 것.
무정한 교유를 길이 맺었으니
다음엔 저 은하에서 우리 만나세.

하늘이 술을 사랑치 않았다면
주성이 하늘에 있지 않을 거고,
땅이 술을 사랑치 않았다면
땅에 주천이 없었을 거야.

하늘과 땅도 술을 사랑했으니
내가 술 사랑하는 건 부끄러울 게 없지.
옛말에, 청주는 성인과 같고
탁주는 현인과 같다고 하였네.
현인과 성인을 이미 들이켰으니
굳이 신선을 찾을 것 없지.
석 잔이면 대도에 통할 수 있고
한 말이면 자연과 하나 되는 것이라.
술 마시는 즐거움 홀로 지닐 뿐
깨어 있는 자들에게 전할 거 없네.

춘삼월 함양성은
온갖 꽃이 비단을 펴놓은 듯.
뉘라서 봄날 수심 떨칠 수 있으랴
이럴 땐 술을 마시는 게 최고지.
곤궁함 영달함과 수명의 장단은
태어날 때 이미 다 정해진 거야.
한 통 술에 삶과 죽음 같아 보이니
세상 일 구절구절 알 거 뭐 있나.
취하면 세상천지 다 잊어버리고
홀로 베개 베고 잠이나 자는 것.
내 몸이 있음도 알지 못하니

이게 바로 최고의 즐거움이야.

천 갈래 만 갈래 이는 수심에
술 삼백 잔을 마셔볼거나.
수심은 많고 술은 적지만
마신 뒤엔 수심이 사라졌다네.
아, 이래서 옛날 주성이
얼근히 취하면 마음이 트였었구나.
백이는 수양 골짝에서 살다 죽었고
청렴하다는 안회는 늘 배가 고팠지.
당대에 술이나 즐길 일이지
이름 그것 부질없이 남겨 무엇해.
게 조개 안주는 신선약이고
술지게미 언덕은 곧 봉래산이라.
좋은 술 실컷 퍼 마시고서
달밤에 누대에서 취해 볼거나.

　제대로 암송이 되었는지 모르지만 이런 내용이었어. 이 시를 갖고
각자 자신의 감상을 이야기하는 시간이었지. 당시 우리 반에는 서양
에서 온 친구가 넷 있었어. 폴란드, 독일, 스페인, 그리스에서 각 한
명씩이 와 있었거든. 그런데 그 유명한 칸트라는 철학자를 낸 독일
학생은 물론, 그리스 로마 신화라는 화려한 문학을 꽃피운 그리스

학생 역시 스페인 학생과 폴란드 학생과 같은 시각을 갖고 있었어.

술을 마시면 주변의 동료들이나 친구들과 어울려 축제와 가무를 즐기는 것이 더 아름답지 이렇게 친구도 없이 달 아래서 혼자 마시는 모습은 궁상스러울 수도 있다는 그런 투였지. 특히 스페인 친구는 자기네 나라의 집시 문화와 비유하면서 술과 자연과 인간이 어우러지는 모습이야말로 자기네 집시 문화를 꽃피운 집시들이 가장 즐기는 문화요, 그 가치는 인간에게 있어서 아주 높은 것이지만 이렇게 혼자 궁상을 떠는 것 보다는 집시들처럼 군락을 이루어 함께 즐길 때, 즉 대중 속에서 그 참맛이 나온다는 거였어.

또, 독일 친구는 자기네는 맥주를 자주 즐기는데 그 역시 벗과 어울려야 축제가 될 수 있다는 거였지. 그것도 한두 명이 아니라 서로 얼굴도 이름도 모르는 사람들끼리지만 곧바로 친구가 되어 어깨동무를 하고 잔을 마주 부딪치며 목소리를 함께 하여 노래하고 즐기며 춤출 때 그것이 진정한 삶의 아름다움을 만끽할 수 있는 축제로 가치가 있는 것이지 혼자 술 마시고 춤추면 그것은 아름답다기보다는 무언가 궁색하고 외로워 보인다는 거지.

다분히 사교적이고 장삿속이 눈에 보이는 이야기들이었다고나 할까? 그리고 일본 학생은 그 시대가 자기네 막부 시대라고 할 수 있는데 자기들은 그때 엄연한 조직의 결속을 다지는데 주로 술을 이용했지, 이렇게 달 아래서 술 마시고 흥청거리는 것은 별로라는 투였지. 자기네 사무라이들은 주군이 내리는 술에 자신의 충성을 담아

주군의 건배 제의에 충성을 맹세하며 주군과 함께 한꺼번에 일제히 건배하고 단숨에 술을 마심으로써 주군에게 충성하는 것이니 그 역시 혼자는 아니라는 생각이 든다는 것이야. 무슨 야쿠샤 모임 술판만 생각하는 친구 같았어.

심지어는 자국 학생인 중국 학생들도 반응이 냉담하더라구. 하기야 당시 중국 학생들이야 이백이나 두보 타령은 그 시대의 상황에 어울리지 않는다고 생각한 면도 있기는 했을지 모르지만, 그보다는 만약 그 시가 지상 최고의 아름다운 작품이라고 했다가는 다분히 자본주의적인 반혁명적 행위라고 몰릴 수도 있었겠지만 말이야. 그런 것을 감안해서 생각할 때 일부 학생들이 비록 받아들일 수 없도록 소모적이기는 하지만 시 자체는 아름답다는 견해를 냈던 것을 보면 그 시가 아름답다는 것을 느끼는 다분히 동양적인 요소가 있기는 하지만 말이야.

유독 그 시의 아름다움과 자기로부터의 해탈을 주장한 것은 나 혼자인가 싶었는데, 류영수의 차례가 되자 류영수는,

"현대의 우리가 보기에는 별로 큰 관심을 둘 것은 없지만 참 아름다운 시라고 생각합니다. 뿐만 아니라 이렇게 자연을 벗 삼아 즐기면서 자신을 잠시 잊을 수 있다는 것은 자아를 찾는 데에 상당한 도움을 줄 것입니다. 다만 아쉬운 것이 있다면, 이렇게 많은 것을 생각할 수 있는 시간을 가질 기회가 될 때 단순히 자아와 자연만을 문제 삼을 것이 아니라 모든 인민을 함께 걱정할 수 있었으면 더 좋았을

것이라는 생각입니다."

역시 동양적인 정서를 사랑하면서, 지금의 상황만을 머리에 두고 정작 좋은 것을 좋다고 용감하게 표현하지 못하던 중국 학생들과는 상당히 대조적인 모습을 보이던 류영수가 한편 자랑스럽기도 했었지.

그런데 오늘 만난 친구는 그때의 모습보다도 훨씬 열리고 트인 모습이었을 뿐만 아니라, 그 때 용기 있게 자신의 생각을 밝히던 모습보다 더 당당해지고 위치가 확고해 진 것 같아. 굳이 말로 설명하라면 짧은 시간의 만남이라 설명할 것이 없지만 눈빛과 내게 이야기하는 그 목소리에서 풍겨져 나오는 어떤 자신감이 내게 그런 확신을 심어 주었어.

물론 성분이 좋은 집안의 아들로 태어난 덕도 있겠지만 유학시절에 어느 방학인가 고향에 다녀오더니 중위에서 대위로 진급했다고 술 한 잔 사겠다고 하더니 오늘 대좌까지의 진급을 축하한다고 하자 다음달 1일에 소장으로 진급한다는 거야.

참, 아까 낮에 내가 중국 학생 지갑 찾은 것 얘기하며 나이에 비해 너무 성숙한 동갑내기 친구를 보노라니 잃어버린 자유를 보는 것 같아 차라리 애처롭고 안타까웠다고 했지? 그런데 문득 오늘 느낀 것은 그것보다는 혹시 그 친구가 뛰어난 군사 전략가로서의 모습이 그 때 드러나기 시작한 것이 아닌가 하는 생각이야. 게다가 오늘 친구를 만나고 나니 많은 희망이 한꺼번에 생기는 거야.

아무런 희망과 기대도 없던 이십여 년 만에도 만나는데, 이제 통일 철도가 개통되니 설마 또 만나지 못하겠나 하는 작은 희망부터 시작해서 이 통일 철도의 개통이 잘만 하면 통일까지 이어질지도 모른다는 온 국민과 동포들이 바라는 큰 희망까지 아주 많은 희망들이 다가오는 실제처럼 느껴지고 있어.

이야기를 하면서 최성종의 머릿속에는 아까 낮에 처음 만났을 때 야간에 숙소 내 순찰을 스스로 돌겠노라고 얘기하여 단 둘의 만남을 만들 것을 미리 얘기하던 친구의 모습과 이제 곧 또 만날 것이라고 하던 여유 있는 친구의 모습, 그리고 통일 철도 개통식장이 아니더라도 반드시 만날 것이라고 확신에 찬 어조로 이야기하던 나이 쉰의 문턱을 눈앞에 둔 40대 후반의 나이에 걸맞지 않는 자신감과 패기가 넘치던 류영수의 얼굴이 영상처럼 지나가고 있었다.

그리고 남북 회담을 취재할 때마다 늘 최성종의 가슴 깊은 곳에서 우러나오던 소리,

'회담 백날 하면 뭐하나? 가슴속에 엉킨 한은 하나도 풀지 못하면서.'

하는 그 소리가 오늘만큼은 들리지 않는 것 같았다.

17

    이튿날 오전 회담은 길게 끌 이유가 없었다. 이미 북측에서 제시해 온 안에 적당한 문구를 남쪽에서 바꾸거나 채우라는 이야기였는데 의외로 호의적인 자세로 나오는 북의 태도에 굳이 남측이 비위를 거스를 것도 없고, 공연히 트집거리를 주어 다 이루어진 회담을 중간에서 망치게 하는 것보다는 차라리 정작 중요한 두세 군데만 손보자는 뜻이었다.

    남측에서는 미처 북이 언급하지 않은 1회 방문 인원을 정하는데 너무 많으면 통제도 어렵고 하니 처음에는 열차 두량 정도에 넉넉하게 앉을 수 있는 인원으로 적당하게 70명 선으로 하다가 차츰 이 교류 사업이 양측 모두에게 익숙해지고 나면 그때 다시 한 번 조정하는 것이 좋겠다.

    또 열차도 너무 길면 그 역시 통제가 쉽지 않을 터이니 기관차와

도라산역 1

경비병과 보도진용 차량 각 한량을 포함해 기관차를 제외하고는 총 4량을 1대 열차로 꾸미자. 즉, 기관차 1량, 승객용 2량, 경비병용 1량 보도진용 1량, 총 다섯 량을 한 대로 만들자는 안이었다.

그리고 마지막으로 기관사를 비롯한 열차 승무원 역시 경비병이 교대 승차하는 군사분계선에서 경비병과 함께 교대 승차하여 남측에서는 남쪽 승무원이 북측에서는 북쪽 승무원이 각각 근무하는 것으로 하는 것이 좋겠다.

이 세 가지 제안은 쉽게 받아 들여졌다.

북쪽에서도 미처 생각지 못한 일일 수도 있지만 3박 4일을 통제하기 위해서는 너무 많은 인원이 되면 서로 곤란한 점이 분명 있을 것이었다. 또 기관사를 비롯한 승무원 역시 자기 영역 지리에 밝은 인원을 배치하는 것이 좋을 것은 자명한 일이었다. 이런 문제를 꼼꼼히 짚은 것을 보면 북쪽이 이벤트성 성격이 섞인 이번 회담을 밀고 나가기에 남측은 비록 선제 주도권은 잃었다 해도 그 마무리를 확실히 해서 꼭 성사되도록 하려는 의지가 담겨 있음을 충분히 알 수 있었다.

마지막으로 아주 중요한 문제에서 남측이 양보해 줌으로써 회담은 성공할 수 있었다. 그것은 여행 비용문제로서 양측교류에 드는 비용은 북측에서 별도의 요구가 있을 때까지는 남측에서 부담하는 것을 원칙으로 하였다. 그리고 공동 선언문을 위하여 '평양~서울'로 표기되었던 것은 양측 감정을 고려하여 '서울~평양, 평양~서울' 순으로 중복표기 하되 다음에는 순서를 바꿔 공정하게 공동 합의문을 도출하자는 등의 아무 의미 없는 글자와 말 늘어놓기에 관한 일이었다.

그리고 모든 사항이 합의되었기 때문에 오후에 특별한 회담은 없을 것 같은데 혹시 변동 사항이라도 있으면 즉각 보도 자료나 혹은 공지를 통해서 알려 주겠다는 것이었다.

이렇게 쉽게 서로의 합의를 도출하는데 60년이 걸렸으나 이 합의가 또 깨지지 말라는 보장도 없다는 것에 대한 불안감을 감추지 못한 채 보도진들이 서둘러 회담 결과를 송고 하면서 앞뒤를 다투고 있는데 구내방송이 나왔다.

"남쪽에서 오신 손님들께서는 앞으로 30분 후에 중대한 발표가 있으니 3층 대회의실로 모여주시기 바랍니다. 다시 한 번 말씀드립니다. 남측에서 오신 손님들께서는 앞으로 30분 후인 11시 30분에 3층 대회의실에서 중요한 발표가 있으니 한 분도 빠짐없이 참석하셔서 이 발표를 들어 주시기 바랍니다."

그 소리를 듣는 순간 최성종은 저 쪽에 있는 오 기자를 쳐다보자 오정열 역시 최성종을 쳐다보다가 둘이 눈이 마주쳤다. 둘은 입가에 미소를 띠우며 고개를 끄덕였다. 그때 멀지 않는 곳에 있던 정치수가 조금은 큰 소리다 싶은 목소리로,

"최 선배님! 이게 무슨 뚱딴지같은 소리랍니까? 무슨 중대 발표래요? 혹시 원고 송고하지 않아야 되는 것 아닙니까? 이거 뒤집어지기

라도 하는 것 아닙니까?"

그러자 다른 기자들도 잠시나마 그럴 수 있다고 생각했는지 하던 일을 잠시 멈추는 듯 했다. 최성종은 무어라 대답하기가 곤란하다는 생각이 들어서,

"이사람 불길한 소리하지 말고 하던 일이나 하게. 이걸 염원하는 국민이 얼마나 많은데 뒤집어지느니 어쩌고 하나? 남과 북에서 이 일의 성사를 학수고대하는 동포들의 염원이 담겨서라도 그런 일은 없을 테니 하던 일이나 하라고."

그때 최성종을 대신해서 오정열이 입을 열었다.

"이봐 정 기자. 아니, 이 사람아. 뒤집어지는 일 같으면 왜 남쪽 손님만 오라고 하겠어? 뒤집어진다거나 변동 사항이 있으면 러시아나 중국이나 그 외 북쪽 루트로 온 외신기자들은 그냥 보도가 나가도 괜찮고 남쪽만 제대로 나가야 되나? 쓸데없는 오버 추측 그만 하시고 하던 일이나 해. 또 누가 아나? 이 무더운 삼복더위에 고생하는데 오후에 특별한 회의도 없으니 비키니 입은 아가씨들과 함께 근처 황해도 어디 해수욕장에 보내 준다고 선착순 모집할지. 그러니까 빨리 하던 일이나 끝내고 때 빼고 광내고 가 보라구."

오정열의 유머가 가득 섞였으면서도 명쾌한 대답에 잠시 일손을 멈추던 보도진들은 웃음소리와 함께 하던 일을 계속했다. 모두가 혹시나 하던 불안감이 역시나로 되지 않은 것에 대한 안도의 한숨으로 떨리듯 불안한 가슴을 쓸어 내리며 그 자리에 최성종의 말대로 염원을 담았다.

통일 열차가 달리는 주위에 진달래 개나리 만발한 모습을 보는 염원을.

11시 30분 모여든 보도진들 앞에서 발표된 내용은 해수욕장에 가는 것도 아니요, 더더욱 뒤집어지는 것이 아니라 오늘 오전 회담으로 모든 것이 타결되어 일정이 끝이 났으므로 점심 식사 후에 철수를 한다는 것이었다.

따라서 보도진들은 아직 마무리 짓지 못한 일이 있으면 빠른 시간 내에 마무리 짓고 오후 2시까지는 이상 없이 각자 올 때 탑승했던 버스에 재 탑승해주시기 바란다는 내용의 짧은 발표였다.

그때 정치수가 손을 번쩍 들며,

"질문 있습니다. 해수욕장에 가는 차림으로 말입니까?"

하고 큰 소리로 말하자, 공지사항을 발표하던 정부측 대표는 어리둥절해 하는데 기자들은 일제히 폭소를 터뜨렸다.

"무, 무슨 말씀인지…?"

공지사항을 발표하던 사람의 어리둥절해 하는 모습에 정 기자도 미안했는지 뒷머리를 긁적이며 다시 큰 소리로,

"아, 아닙니다. 더위 먹어서 헛소리를 했습니다."

좌중은 다시 한 번 웃음바다가 되었다. 보도진이 흩어져 4층으로 올라올 때 최성종과 정 기자, 오 기자가 함께 서게 되자 최성종이 웃으며,

"정 기자, 왜 더위 먹었다고 그랬어? 아예 내친김에 대한일보 오

기자가 그러는데 해수욕장 간다더라고 하지?"

하면서,

"어찌되었든 오늘은 정 기자 KO승이야. 아까 그 발표하던 사람 얼굴 봤지? 그동안 통일부 사람들한테 기사 하나라도 얻어내려고 굽신거리던 배알을 한꺼번에 날려준 멋진 한 방이었어. 아는 사람은 다 알지."

그 말에 주위에 있던 모든 사람들이 다시 한 번 웃었다.

18

      점심 식사를 일찍 끝낸 후 각자 짐을 챙겨 버스로 옮겨 싣고
는 버스 주위를 멀리 떠나지 않으려 해도 바깥 기온이 워낙 더운 터
라 호텔 로비에 옹기종기 모여서 차도 마시고 이야기도 하며 시간을
기다리는 동안 최성종은 먼 곳을 바라보기나 하는 것처럼 로비 창문
에 다가서서 호텔 주차장 쪽과 정문 쪽을 번갈아 가며 둘러보고 있
었다.

  최성종이 무엇을 찾는지를 잘 알고 있는 오 기자도 저쪽 편에서
연신 밖만 내다보고 서 있다가 이쪽으로 다가오더니,

  "보이시지 않네요. 이제 십여 분 남았습니다. 차로 가시죠. 모두
승차하고 있어요."

  "그래? 그것 밖에 시간이 남지 않았나? 우리도 가지 뭐."

  최성종은 말은 그렇게 했지만 호텔 구석구석을 돌아보며 못내 발

걸음을 못 움직일 것 같더니,

"가시죠?"

다시 한 번 재촉하는 오정열의 재촉을 듣고야 버스로 향했다. 버스에 타자 오정열은 최성종에게 창가 자리를 권했다.

오후 2시가 조금 넘어서 양측 모두에게 전원 탑승한 사실과 일일이 신청서와 방문증, 그리고 본인을 대조하여 모두 이상 없음이 확인된 후에 미끄러지듯 버스가 움직이기 시작했다. 버스가 움직이기 시작하자 최성종의 눈 놀림은 더 빨라졌고 고개를 돌려 반대편까지 쳐다보곤 하였다. 그때 오정열이 툭 치며 고갯짓을 하기에 그곳을 쳐다보니 류영수가 경비병 한 사람과 함께 거수경례를 하며 정문 바로 옆에 있는 것이 아닌가?

최성종은 자기도 모르게 손을 흔들었고 그러는 최성종을 따라 오 기자도 주변의 몇몇 기자도 함께 손을 흔들었다. 불과 몇 초 사이에 벌어진 일이지만 류영수의 거수경례는 분명 최성종을 향하고 있었고, 그 눈 역시 또렷이 최성종을 응시하고 있었다. 그리고 그 눈에는 최성종의 그것과 같이 햇볕을 받아 반짝이는 진주 같은 물방울이 영롱하게 맺혀 있었다.

그날 저녁 오랜만에 TV를 보는 최성종의 눈에 들어오는 모습은 마치 이번 회담으로 인하여 무슨 큰 일이라도 생기고 어떤 전환점이 되어 당장이라도 남과 북이 휴전선 걷어치우고 하나가 되어 압록강

두만강 건너 고구려와 발해가 지배했던 내 땅, 만주땅이라도 찾으러 갈 듯한 활기 찬 모습이었다.

뿐만 아니라 이번 회담에서 보여준 북쪽의 태도 변화는 금방이라도 통일을 가져올 듯한 분위기로 몰고 가고 있었다. 이 결과가 무엇을 낳던지, 또 상황이 앞으로 어떻게 변할 것인지는 그들에게는 중요하지 않았다. 다만 북쪽이 눈에 보이게 변한 태도와 그에 잘 대응해서 회담이 생각보다 훨씬 쉽게, 그리고 날짜와 시간까지 단축하는 초 스피디한 게임을 했다는 그 사실만으로도 시청자들을 즐겁게 하는 보도를 하기에는 충분했던 것이다.

아울러 영국의 BBC 등 세계의 언론들이 앞 다퉈 이 사실을 실시간으로 보도 하다가 이제는 매시간 보도한다는 이야기도, 실제 각 나라에서 방영된 화면을 보여주면서 방송하고 있었다. 그러나 우리나라 뉴스에서 중요한 것이라면 제일 먼저 들먹이는 CNN 얘기가 빠져 있었다. 최성종은 케이블 TV 채널을 CNN에 맞췄다. 그러나 CNN에서는 전혀 그 얘기조차 하지 않다가 아주 짧은 맨트로 서울발 기사에 의하면 9월 30일 남북을 잇는 철도를 개통하기로 했다고 특별한 보조 영상도 없이 앵커가 보도하는 식의 아주 짧은 맨트로 끝을 내는 것이었다.

마치 2006년 여름. 이스라엘과 레바논이 전쟁을 시작하자 미국은 레바논의 헤즈볼라를 대신 박살내 줄 이스라엘을 지원하기 시작했고, 레바논에서는 죄 없는 양민들과 어린아이들이 숱하게 죽어 갔지

176

만 이 사실을 CNN은 전쟁 사실 위주로 보도했지 평소와는 다르게 어린이들과 양민들의 처참한 모습을 전혀 영상에 띄우지 않던 것처럼 방송을 하고 있었다.

북에서 미국과 일본 보도진의 입국을 허락하지 않아서 그런 이유도 있기야 하겠지만 꼭 그런 것은 아닌 것 같았다. 굳이 영상이 필요하다면 우리나라는 물론 유럽의 여러 나라의 방송사와도 이미 공동 자료를 사용할 수 있는 보도 협력 체제를 구축해 놓은 상태이므로 얼마든 쓸 수 있는 상황이었다.

게다가 똑 같이 보도진의 입국을 허락 받지 못한 일본이 다른 나라 협력 방송사들의 영상을 인용해 매우 장황한 특집으로 방송하고 있는 것과 비교하면 아주 이례적인 일이었다.

또 우리나라 TV들도 CNN이 이 사건을 냉담하게 보도를 절제하고 있다는 사실은 언급도 하지 않고 있었다. 하기야 남의 나라 TV가 제돈 갖고 제나라 일도 아닌 남의 나라 일 보도를 크게 하던 작게 하던 제 마음이니까 뭐라 할 이야기는 없지만 그래도 국제적인 사건인데 하는 의구심은 남았다.

하지만 그 국제적인 사건이라는 것이 우리가 보기에는 중요하고 큰 일일지 모르지만 자기들이 보기에는 아닐 수도 있으니까 그럴 수 있겠지. 최성종은 무언가 고개를 들려는 불안감을 애써 잠재우고 있었다.

19

9월 30일.

도라산역 개통식이 있는 그 날은 남과 북이 모두 임시 공휴일로 정하고 미리부터 대대적인 민족축제로 행사를 계획하였다.

남쪽에서는 임시 공휴일을 국무회의에서 의결하는 것은 물론 그 날 저녁 서울 시청 앞 시민의 광장을 중심으로 한 광화문 사거리 일대에서는 월드컵 경기 때 붉은 악마가 거리 응원을 할 때 보다 더 많은 인파가 몰려들 것을 예상하고 계획을 세운 공연 행사가 있었는데 최근 유행하는 대중음악 가수들과 그룹사운드는 물론 국립 교향악단을 비롯한 국내에서 내노라 하는 클래식 연주가와 성악가들은 누구라도 출연료를 받지 않아도 좋으니 그저 그 무대에만 설 수 있도록 해 달라고 했다.

심지어 이름만 대어도 전 세계의 누구라도 알 수 있는 너무나도 유명한 외국의 팝과 재즈, 록 가수들은 물론 자국에서 올림픽이나 월드컵이 열려도 출연료를 받고 무대에 선다는 유명한 성악가와 클래식 연주가들이 앞 다퉈 개런티는 물론 없고 체제 비용 일체를 자신이 부담하며 무대에 설 테니 제발 초청만 해 달라는 주문이 밀려 들어 처음에는 신문 기사거리가 되던 것이 나중에는 아예 기사거리도 되지 못할 정도로 쇄도하고 있었다.

마치 이 무대에 서는 것만으로 전 세계의 스타가 된다는 인식들을 갖고 있는 듯 했다. 그도 그럴 수밖에 없는 것은 이미 이 공연을 생중계 하겠다는, 전 세계적으로 자국 내에서는 최고의 시청률을 자부하는 방송사들이 중계권을 획득하기 위하여 서로 경쟁을 벌이고 있었다. 아마 유사 이래로 한반도에서 벌어지는 예술 행사로는 가장 대 규모의 행사가 될 것 같았다. 아니 예술 행사뿐만 아니라 월드컵을 포함한 어떤 행사보다도 단일 행사로는 가장 큰 행사가 될 것도 같았다.

개통식 행사를 축하하기 위해 참여하는 외교 사절을 보아도 그 행사 규모를 알 수 있었다. 우리나라와 북한의 정세가 자국 정세에 민감한 반응을 보이는 아시아의 국가인 일본과 말레이시아, 태국은 물론 베트남과 싱가폴 등에서는 국가 원수나 혹은 실질적인 국가 원수에 해당하는 수상들이 직접 방문을 하거나 특별 사절단을 파견하였고, 사우디아라비아와 쿠웨이트 등에서는 왕이 직접 방한하는가 하면 중국도 부 주석을 단장으로 하는 대규모 특별 축하 사절단을 파견하였다.

또 비록 극동의 국가는 아니더라도 대한민국과 우방임을 자처하던 유럽의 많은 나라, 독일, 프랑스, 스페인, 이탈리아, 그리스, 터키 등의 나라에서도 대부분이 국가 원수 혹은 수상들이 직접 행사에 참여하거나 특별 사절단을 파견하였다. 멀리 중남미와 아프리카에서도 멕시코와 브라질, 남아프리카 공화국, 이집트 등을 비롯한 많은 나라들이 국가 원수나 혹은 특별 사절단을 파견하였다.

특이한 것은 지구상의 유일한 분단국가인 대한민국의 이 평화로운 행사를 축하하기 위하여 로마 교황청까지 국무성 장관 추기경을 단장으로 하는 대대적인 평화 사절단과 함께 교황청 특별 담화를 발표하였을 뿐만 아니라 별도로 교황성하의 특별 평화 메시지까지 발표를 하였다. 교황청 특별 담화는 이 지구상에서 언뜻 보기에는 유일한 분단국가인 대한민국이 이렇게 평화의 장을 열어 한반도 평화 정착에 성큼 다가설 수 있게 된 것을 하느님께 감사드리며 축하한다는 것과 겉으로 보기에는 긴장이 고조된 나라인 듯싶어도 실제로 보면 가장 평화로운 나라라는 것이었다.

왜냐하면 한 나라에 종교가 둘 이상만 되어도 걸핏하면 종교 분쟁이 일어나고 그것 때문에 수많은 희생자가 생겨나는 나라들이 세계 곳곳에 산적해 있는데 대한민국은 실로 여러 가지 종교를 한 나라에 공존하게 하면서도 한 번도 종교 분쟁이 일어나지 않았다는 것이다.

따라서 이번 대한민국의 평화 정착을 위하여 노력하는 이 일이 주춧돌이 되어 전 세계의 모든 나라, 특히 겉으로는 한 나라이면서도 종족간의 분쟁과 종교적인 분쟁으로 날이면 날마다 유혈사태가 그치지 않는 나라들에도 하루 빨리 평화가 정착되는 계기가 되었으면 좋겠고, 특히 엄연히 다른 나라요 다른 국가임에 틀림이 없는데도 무력으로 지배하여 힘없는 민족을 억압 통치하는 국가들도 각성하여 자국 독립을 염원하는 사람들에게 진정한 평화를 안겨줄 수 있는 날이 왔으면 좋겠다는 말을 부언함으로써 티벳을 무력 지배하는 중국과 아일랜드 독립을 막고 있는 영연방을 비롯하여 아직도 지구상에 존재하는 힘 없는 나라들과 소수 민족들의 독립 의지를 받아들여 줄 것을 호소하고 있었다.

그리고 실제 크게 싸워야 할 이유도 없으면서 단순히 서로 영토에 필요 이상의 욕심을 내어, 영토 분쟁으로 날이면 날마다 시끄러운 저 중동의 국가들에 비하면 실로 조용한 아침의 나라요 소박하고 겸손한 국민의 정신이 그대로 드러나니, 이것이야말로 모진 박해 속에서도 꿋꿋하게 신앙을 지켜 온 103위 성인을 비롯한 이름 없는 순교자들의 신앙 영성덕분임에 틀림없는 하느님께서 주신 커다란 은총이며, 그런 은총을 베풀어주신 하느님께 감사드림은 물론 그 은총이 한국 천주교회의 도움이신 마리아의 전구로 영원하기를 기도드린다는 매우 길고 장엄한 내용이었다.

말 그대로 전 세계의 정상과 전 세계의 모든 관심과 모든 축복이 한 자리에 모인 모습이 되었다. 심지어 러시아조차 대규모 축하 사절단을 파견하는 그 자리에 대한민국의 가장 가까운 우방임을 자처하던 미국은 본국에서 정상이나 장관급이 오는 것이 아니라 국무성

차관을 단장으로 하여 아시아 태평양 차관보를 비롯한 실제 아태지역을 담당하고 있는 실무진들을 특사로 파견한다는 것이었다.

이번 개통식을 시작으로 급변할 아시아 태평양 정세, 특히 한반도 정세 변화에 빠르고 쉽게 대처하기 위한 준비를 겸한 실무 회담을 겸하기 위한 조처라고 발표는 했지만, 마치 아끼던 장난감을 잃어버려 불편해서 속이 쓰리고, 심지어는 옆에 있는 누구라도 대신 분풀이로 쥐어박아 버리고 싶은 그 속내가 훤히 들여다보이는 처사였으나 누구 하나 그것을 가지고 말하는 사람이나 단체는 없었다.

아무리 흥겨운 잔치라도 남이야 흥에 겹든 말든 저 혼자 서러워 목 놓아 울겠다는데 누가 뭐랄 것인가? 다만 그 자리가 한참 흥겨운 자리라면 주인이 어느 정도 봐 주다가 안 되겠다 싶으면 쫓아낼 뿐이지. 또 제 몸뚱이 가지고 제가 춤춘다는데 누가 뭐랄 것인가? 다만 장소를 잘못 골라 초상집에서 춤추다가는 잘못하면 욕은 욕대로 먹고 더 심하면 몇 대 얻어터질 뿐이지.

한편 북쪽에서는 북쪽대로 축하 행사를 준비하여 발표하였다. 개통식이 끝나고 오후에 4.15광장에서 대대적인 군사 퍼레이드를 벌인 후 마스게임과 특별 민속 공연을 펼치는데, 이 군사 퍼레이드에는 위대하신 지도자 동지를 비롯한 러시아와 중국 등 우호 국가들의 외교 사절단이 사상 최대로 참석할 것이라고 조선 중앙 TV가 보도를 해 온 터였다.

왜 하필이면 평화를 상징하는 남북통일 철도를 개통하는 의미 있는 날에 군사 퍼레이드를 하는지 모르겠으나, 늘 그네들이 무슨 경축식을 행할 때면 으레 한자리 차지하는 것이 비록 내실이야 있든 없든 간에 겉보기 화려하게 중장비와 미사일 등장시키고 장거리 포 등장시켜 그럴 듯하게 보이면서 일개 연대쯤 되는 지상군이 오와 열을 맞추어 보기에도 각이 져서 마치 칼로 두부를 자르듯 멋있게 훈련된 모습을 보여 줌으로써 인민을 결속시키고, 행여 딴마음 먹는 내부 세력이 있으면 좌시하지 않겠다는 군사력 과시이니 만큼 이제껏 해 왔던 행사 이상의 의미를 두는 어느 세력, 어느 집단이나 국가도 없는 것 같았다.

20

9월 30일 오전 8시.

도라산역에는 이미 보도진으로 장사진을 이루고 있었고, 실시간으로 흘러나오는 뉴스에 의하면 벌써 이곳을 향하는 도로라는 도로는 꽉 막혀 오도 가도 못하는 형편이 되었다고 전했다. 따라서 축하 사절단 중에서 내외 귀빈은 제1호 통일 열차로 대통령과 함께 모시고 나머지 실무 요원들과 경호병력은 군용 수송 헬기와 특별 열차편으로 행사장까지 이동을 한다는 것이다.

이럴 경우를 대비해 아침 7시부터 교통통제가 예고되어 있었지만 이미 그 시각은 교통을 통제하기에는 늦은 시각이었다. 그보다 더 이른 시간에 국민들이 도라산역을 향해 출발하고 있었기 때문이었다. 비록 행사장에는 제한된 인원만이 들어갈 수 있어서 초청장을 갖고 있는 사람만 들어갈 수 있다는 것을 알고 있지만 그 근처 가까운 곳 어디라도, 조금이라도 더 가까이에서 이 평화의 행사를 보지는 못할지라도 축하하고 싶어하는 국민들의 바람이 그대로 나타나고 있었다.

그래서 당국도 최초의 계획을 바꿔, 비록 경호상의 여러 가지 어려움이 따른다 하더라도 미리 통일 열차로 이동하기로 계획이 잡혀 있던 수뇌부를 제외한 축하 사절단은 원하는 바에 따라 헬기나 특별 열차로 이동하기로 긴급히 계획을 수정한 것이다. 졸지에 제1호 통일 열차만이 도라산역을 향해 출발하려던 것이 특별 열차 한 대가 더 생긴 것이다.

그런데 원하는 대로 헬기든 특별 열차를 택하라고 했더니 공교롭게도 거의 대부분이 헬기가 아닌 특별 열차를 택했다. 통일 철도가 개통되고 통일 열차가 운행되는 행사이니 만큼 비록 북쪽까지 내달리지 못하더라도, 또 비록 통일 열차가 아니더라도 이런 기회에 열차로 도라산역까지만이라도 달려보고 싶은 심정은 피부색과 인종은 달라도 똑같은 한 마음이었다.

최성종도 혹시 취재에 늦을 새라 아침 여섯 시에 집을 나서서 이곳을 향했는데 이미 그 때에도 많은 차량들이 이곳을 향해 달려오고 있었다.

"대단하네요. 지금 보도 자료 받으러 갔다가 잠깐 보았는데 아예 주차장이라는 표현이 맞아요. 명절 귀성 고속도로도 이렇게 밀려 본 적은 아마 없을 거예요. 그리고요, 보도 자료에 의하면 김정일이 자

동차로 9시 반에 도착한다고 하고 대통령께서는 북으로 운행될 제1호 통일 열차로 9시 20분에 도착하실 예정이라는 데요."

최성종과 함께 도라산역 통일 철도 개통식 취재를 맡은 김상덕이 배포된 일정표 보도 자료를 들고 오며 말했다.

"그래? 아마 역사에 마련된 임시 정상회의장에서 잠시 간단하게 비공개 정상 회담도 있을 모양이던데?"

"예. 일정표에도 나와 있습니다. 그리고 10시 개통식이 끝나는 대로 김정일 위원장이 수행원들과 함께 그 통일 열차를 타고 북으로 간답니다. 나머지 정상들과 축하 사절단은 오찬 후 특별 열차로 서울을 향하고요."

그때 대한일보에서 이 행사 취재를 맡은 오정열 기자와 국민신문의 정치수 기자가 자판기에서 꺼낸 커피를 각각 양손에 들고 오면서,

"자, 한 잔씩 마시고 시작하시죠?"

하면서 각각에게 커피를 건네주었다. 두 사람이 고맙다며 한 잔씩을 받아 들고 인사를 겸한 가벼운 이야기를 서로 주고받다가 최성종이 마치 쓰레기통에 커피 잔을 버리러 가듯 몇 걸음 자연스레 옮기자 오정열이 그쪽으로 쫓아 왔다. 아직도 김상덕은 정치수와 무언가 이야기를 나누느라 이쪽에는 신경 쓰지 않는다는 것을 확인한 최성종이,

"오늘도 잠시 시간을 좀 내야할 것 같아. 그것이 정상 회담할 때가 될지, 아니면 개통식 할 때가 될지는 모르지만."

이미 무슨 이야기를 하고 있는지 묻지 않아도 오 기자는 알고 있었다. 지난번 모란장에서 류영수 이야기를 할 때 오늘이 올 것이라고는 얘기하지 않았지만 다음달 1일 소장으로 진급한다고 하더라는 이야기나, 또 희망도 없었던 이십년 만에도 만났는데 또 못 만나겠느냐는 그 모든 말들이 오늘을 암시할 수도 있다는 생각을 오 기자는 해 온 터였다.

"걱정 마십시오. 제가 눈치껏 김상덕이 데리고 잘 할 테니까요. 제가 줄곧 최 선배님과 김 기자 따라 다니다 선배님께서 눈짓만 주시고 볼 일 보러 가시면 제가 알아서 김 기자가 선배님 안 찾고도 잘 할 수 있게 해볼게요. 너무 걱정 마세요. 그리고 막상 김정일이 도착하고 나면 서로 찾고 말고 할 정신도 없을 겁니다. 무슨 용 깎는 재주 있는 것도 아니고 정신없이 돌아갈 텐데 누가 누구를 찾겠습니까?

행사 취재 끝나고 나서야 서로 기사 맞춰보고 다듬느라고 만나면 모르지만 남 신경 쓸 시간 없잖아요? 겨우 30분 내에 접견부터 회담, 발표, 그리고 개통식장으로의 이동 모두가 이루어져야 하는데 말입니다. 좌우간에 걱정 마시고 시간 만들어 보세요."

"고맙소. 내 생각으로는 정상 회담 하는 중에 잠깐 시간이 될 것 같기는 한데. 또 모르지."

최성종과 오정열이 얘기를 마치고 김상덕과 정치수 옆으로 오자,

"두 분이 뭔 비밀 얘기 하셨습니까? 우리 쫄다구들이 들어서는 안 되는 얘기?"

하며 정 기자가 농담을 하듯 묻자 오 기자가,

"자네 욕 했어."

간단했다. 그러자 정 기자가 할 말 없다는 듯,

"욕먹을 짓 했으면 먹어야죠. 욕은 먹어도 좋은데 왜 먹나 하는 것은 알아야 되는 것 아닌가요? 뭐 그것도 알려 주기 싫으시면 그만두시고요."

하며 궁금해서 물어 본 것이 아니라 심심해서 농담해 본 것이라는 이야기를 간접적으로 하면서,

"그런데 최 선배님. 이제 대북 취재 안 하실 거예요? 오늘 김 기자까지 동행하신 것을 보니까 뭐 그런 생각이 갑자기 들면서 혹시 최 선배님 데스크로 옮겨 앉으시는 것 아닌가 하는 생각이 드는데요?"

하고 진지하게 묻자 최성종이 빙그레 웃으며,

"이 사람아 데스크는 아무나 하나? 내 주변머리에 무슨 데스크? 그게 아니라 앞으로 내가 바쁠 때는 대북 관계를 김 기자가 단독 취재도 하면서 서서히 일을 나눌 준비를 하는 거지 무슨 데스크. 이제 통일 철도 개통에 통일 열차가 달리기 시작하면 일이 많아질 것 같아 회사에 요청했더니 아무나 택하라기에 김 기자에게 물어보니 좋다고 해서 그리된 것 뿐이야. 너무 앞질러 가시지 말게나."

그러자 오 기자와 정 기자가,

"역시 선배님다우시네요. 저희는 미처 그 생각도 못하고 있었는데…"

그때 최성종의 휴대 전화벨이 울렸다.

"아, 그래? … 알았어."

등의 대답만 하며 통화를 하고 있는데 이번에는 김상덕의 휴대 전화벨이 울리더니,

"예. 통화중이십니다. 아, 예. … 알겠습니다."

하는 식의 대답만 하다가 서로 거의 동시에 전화를 끊더니 김상덕이 먼저 보고를 했다.

"선배님! 김정일 위원장이 지금 막 군사분계선 북측에 도착했답니다. 곧 남쪽으로 이동하기 위해 북쪽 경호원 차량은 먼저 남쪽으로 오고 있다는데요?"

"아, 그래? 방금 내가 받은 전화도 조금 전 대통령과 축하 사절단들이 승차한 통일 1호 열차가 여기로 출발했다는 소식이야. 이제 역사적인 만남이 30분 내로 이루어질 터이니 각자 정신 바짝 차리자구."

그 모습을 보던 오 기자가,

"역시 선배님은 완벽하시군요. 이런 연락 조직까지…. 게다가 김 기자까지 가세하니 통화 중에도 동시 다발로 소식을 접할 수 있고…."

하며 부러워하자,

"지금부터 잘 하면 되지. 흐르는 세월을 아쉬워하기보다는 다가오는 세월을 잘 준비하는 것이 중요한 것 아닌가? 어느 절 일주문에 씌어져 있다고 하지만 확실한 것은 아니고, 왜 이런 이야기가 있지

를 않나.

'꽃잎이 떨어지는 것을 아쉬워 마라. 한 잎 주워 찻잔에 띄우면 그 향기 그윽할 것을'

얼핏 듣기에는 아무것도 아닌 것 같아도 잘 새겨 보게나. 일어난 어떤 현상을 아쉽고 안타깝게 생각하기보다는 보다 긍정적으로 활용할 수 있는 방법을 생각하라는 삶의 긍정적 모습을 일깨워 주고 있지 않나? 아름다운 꽃잎이 떨어진 것을 안타까워 서러워하면 무엇 하겠나? 때가 되면 떨어지는 것이 자연의 이치이거늘. 차라리 한 잎 주워 찻잔에 띄우면 그 그윽한 향기는 나와 함께 한다는 것 아닌가?"

하고 이야기하자 옆에서 같이 듣고 있던 정 기자가,

"히야, 명언이다. 얼핏 들으면 별것 아니라고 하셨는데 나는 얼핏 들어도 멋있고, 설명을 듣고 나니 우리 집 가훈으로 써도 손색이 없겠네요. 가훈. 꽃잎이 떨어지면 주워 찻잔에 올릴 것."

최성종이 말한 모든 의미를 알아듣고도 너스레로 마무리를 짓는 정치수의 재치가 긴장된 순간을 잠시 웃음에 젖어들 수 있게 했다.

21

최성종이 전화를 받은 지 20여분이 지난 9시 20분.

열차가 도라산역 플랫폼으로 들어섰다. 총 다섯 량을 단 기차는 최소한의 경비 병력과 각 국의 경호원 중 한 명씩과 함께 각 국 축하 사절단 중에서 수석대표 한 명씩만을 태우고 기관차 앞을 화려하게 장식하고 들어섰다. 기관차 앞에는 '경축! 통일 열차 개통'이라고 쓴 플래카드와 함께 화려한 꽃으로 장식되어 이 지구상에서 가장 아름다운 열차로 꾸미고 있었다.

대통령이 기차 문 앞에 모습을 드러내자 초청장을 받고 이미 입장해 있던 군중들은 손에 들고 있던 태극기를 비롯한 각 국의 국기를 흔들어 대기 시작했고, 이런 평화 행사에는 3군 군악대보다는 오히려 고등학교 고적대가 어울린다는 여론을 좇아 복장을 화려하게 꾸민 고적대가 연주하는 행진곡에 맞춰 기차를 내려오는 대통령과 각

국 정상들의 얼굴에도 하나 가득 웃음을 머금고 있었다.

　최성종은 아까 역사 위에 걸린 각 국의 국기를 보며 마치 유엔 빌딩에 온 기분을 느꼈는데 지금은 유엔 빌딩보다 더 많은 외국의 정상들이 자리하고 있는데다가 각 국의 정상들이 자기 나라의 고유 의상을 입은 터라 차라리 세계 문화축전이 함께 열리는 행사장이 아닌가 착각할 정도였다.

　자지러질듯 쏟아지는 함성.
　장엄하게 울리는 고적대의 평화 행진곡.
　끝을 모르고 터져대는 전 세계 방송, 신문사의 카메라 조명과 후래쉬들. 지난번 북쪽에서 개통식을 준비하기 위한 세부사항 회담 때는 북의 거절로 취재를 못한 미국과 일본에게도 취재가 허용된 데다가 그때와는 행사의 비중 자체가 다른 터인지라 규모는 말로 표현하기 힘들 정도였다. 그리고 고유의상을 입고 기차에서 내리는 각 국의 정상들. 지구상에서 볼 수 있는 가장 아름다운 풍경이 아닐까 하는 생각을 하던 최성종의 머릿속에 문득 아까 도라산역 청사 위에 태극기 바로 옆에 나란히 걸렸던 인공기가 생각났다.

　인공기를 소유하거나 그리는 자체로 몇 년 징역형을 살아야 했던 이 나라의 국제적인 공식 행사에 태극기와 나란히 걸린 인공기.
　사실 인공기 게양 문제에 관해서는 여러 계층에서 각기 다른 목소리를 내는 바람에 사실 여론 수렴이 쉽지 않았다. 인공기를 게양한다는 것은 북을 인정하는 것이나 같으므로 종전처럼 한반도 깃발로 대신 하자는 의견도 있었으나 주체가 되는 나라의 태극기가 빠지면서 외국의 국기를 게양한다면 무슨 의미가 있느냐는 의견에 설득력을 잃었다.

다음으로는 인공기를 걸지 말고 태극기나 외국 어느 깃발도 게양하지 말자는 의견도 있었으나 그 역시 행사장에 국기도 게양하지 않는 국제적 관례는 없다는 것이 설득력이 있었다. 한편 인공기를 게양하자는 의견은 일장기에 비하면 인공기를 게양하는 것은 아무것도 아니라는 것이었다. 침략전쟁 횟수로 보나 36년간의 일본 제국주의자들의 강제 점령기를 보나 인공기를 거는 것이 부당하다면 오히려 일장기는 더 걸 수 없다는 것이었다.

체제와 이념이 다르다는 이유라면 러시아나 중공기도 게양할 수 없는 것이고 침략 행위인 6.25동란이 문제라면 임진왜란과 정유재란은 물론이고 36년 강제 침략기 등을 일으킨 일장기도 게양할 수 없는 것이지만, 진정 인공기를 게양할 수 없는 이유는 우리가 북을 인정할 수 없다는 이유인데 만일 이런 행사를 하면서 까지 북의 체제를 인정하지 않는다면 이제까지의 회담이나 협정이 무슨 의미가 있으며 그 대상이 체제도 부정하는 상대라고 한다면 도대체 우리의 회담 상대는 누구였냐는 우스운 꼴만 되는 것 아니냐는 것이었다.

결국에는 이 행사 자체도 국가로서의 북을 인정해서 열리는 행사라기보다는 북쪽 영역을 차지하고 있는 체제로서의 북은 인정했기 때문에 열리는 행사요, 또 김정일 위원장이 오면 대통령과의 회담을 남북 정상회담으로 명명하기로 한 바에야 각 국 정상들이 참가하는 축제의 성격도 강한 행사인 만큼 체제로서의 북을 인정한다는 의미에서 인공기를 게양하기로 한 것이다.

다만 정상들이 회담장에 도착할 때는 각 국의 국기를 고루 섞어서 배분하여 흔들도록 하지만 김정일이 도착할 때는 인공기는 흔들도록 배포하지 않고 그냥 그 시간에 자기가 소지하고 있던 국가의 국기를 흔들도록 하였다.

대통령의 뒤를 이어 정상들과 축하 사절단 대표들이 역사 안으로 자리를 옮기기 시작하자, 지금 이 플랫홈과는 역사를 사이에 두고 반대편, 즉 역사 바로 앞쪽에 마련된 김정일 위원장 도착 예정 장소를 향해 취재기자 몇몇이 재빠르게 움직이기 시작했다. 카메라기자와 방송기자, 그리고 취재기자들은 각 언론사에서 이미 요소마다 배치를 한 상태였으나 신문기자 몇은 이 상황을 실제로 보고 글을 쓸 거리를 마련하기 위해 재빠르게 움직이는 것이다.

최성종이 막 그 장소에 도착하여 얼굴을 아는 방송사 카메라기자 옆을 비집고 앞쪽으로 겨우 들어섰을 때 멀리서 김정일 위원장 일행을 태운 승용차 행렬이 들어오고 있었다. 맨 앞차에서는 경호원인 듯한 사내들이 내려 재빨리 세 번째 차를 에워싸기 시작했고, 두 번째 차에서는 정복 차림의 군 장교 세 명이 내렸는데 앞자리 군관이 먼저 내려 뒷문을 열자 인민군 소장 계급을 달고 있는 정복 군인이 썬글라스를 쓰고 자리에서 내리자마자 세 번째 차 뒷문으로 다가갔다.

류영수.

최성종은 두 번째 차에서 썬글라스를 쓰고 내려 세 번째 차의 뒷문을 열기 위해 가는 그 사내가 류영수라는 것을 이미 알고 있었다. 류영수가 승용차 문 앞에서 잠시 주위를 둘러보고는 주변을 둘러싸고 있던 사내들과 무엇인지 싸인을 주고받는 듯 하더니 승용차 문을 열자 김정일 위원장이 모습을 나타냈다.

터지는 환호소리는 차라리 사람의 소리라기보다는 천둥이 울리는 것이라고 표현하는 것이 옳을 듯싶었다. 그 환호 소리와 함께 울려 퍼지는 고적대의 흥겨운 행진곡. 방송 카메라 조명과 사진기자들이 터뜨리는 후래쉬.

이 장면이야말로 어느 역사책에도 없는 장면이라고 최성종은 흥분된 마음을 감추지 못한 채 꼭 기사 머리를 그렇게 쓰리라고 마음먹으며 부지런히 현장 스케치를 메모하고 있었다. 류영수가 열어 준 문에서 내린 김정일 위원장은 류영수가 차 문을 닫고 손으로 안내하는 표식을 하자 앞으로 세 발자국을 걸어 나왔고 거기에 우리 대통령이 서 있었다.

둘은 짙은 포옹을 하고 악수를 나누었다.

그리고 다시 한 번 포옹을 하고 또 악수를 한 뒤, 손을 꼭 잡고 경의선 철도 남북 출입 사무소 겸 도라산역사로 쓰이고 있는 건물 안에 임시로 마련된 정상회담장을 향했고, 그 뒤에 류영수와 함께 북측과 우리측 경호원들이 두 세 겹을 포위하며 뒤를 따랐다.

대통령과 김정일 위원장이 회담장으로 단 둘이 들어서자 우리측 경호원들이 역사 안에 마련된 회담장 문을 물 샐 틈도 없이 막아섰고, 문뿐만 아니라 벽에도 촘촘히 붙어 서다시피 했다. 역사 내부의 경호 모습이 아무리 삼엄하다지만 역사 외부에 비해서는 덜 한 것이다. 지금 각 국 축하 사절단이 있는 귀빈실과 남북 정상회담장이 있는 이 역사 외부에서는 이루 말할 수 없이 삼엄한 경비가 이루어지고 있다.

　들리는 말에 의하면 공식적인 보도진과 경호 병력, 그리고 주한 외교사절이나 그 가족 혹은 문화 사절단으로 초청받은 일부를 제외하고 내국인으로서 이 자리에 행사요원이 아닌 단순한 축하객으로 초대받은 사람 중에는 적어도 70%가 경호에 가담하기 위하여 민간인으로 신분을 감춘 경호 병력일 것이라는 소리가 있을 정도였다.

　경찰은 물론 안기부와 군 특수부대와 해병대에서 신원과 사상이 확실하게 검증된 사람들을 뽑아서 일반 축하객처럼 사복을 입혀 경호에 투입했다는 것이다. 물론 여경과 여군이 포함되었기 때문에 여성 축하객도 마찬가지라는 것이다. 그 정도로 이번 행사의 안전을 위해 총력을 투입한 것이라는 소리겠지만 어찌 되었든 불상사 없이 행사를 끝마치기 위해 최선을 다하는 것은 좋은 일이었다.

　대통령과 김정일 위원장이 정상회담을 위해 회담장 안으로 들어서고 경호원들이 문을 겹겹으로 봉쇄하자 류영수는 마치 잠시라도 쉬려는 듯 저쪽 구석진 곳을 살짝 돌아 사람들 눈에 잘 띠지 않는 곳에 혼자 앉았다. 최성종은 지금이 아니면 기회가 없을 것 같아서 남의 눈을 피해 그리로 다가갔다.

"남들 눈이 있어서 악수도 못하겠구나. 지난번에 네가 준 감자와 인삼은 아버님 제삿상에 올려놓았다. 그리고 지난번에 내가 전해준 메모 가지고 있지? 혹시 틈 생기면 전화라도 해라."

차마 마주 보지 못해 흘낏 쳐다보며 최성종이 입을 열자,

"그래 잘 가지고 있을 뿐만 아니라 항상 지니고 다니는 수첩에도 메모 잘 되어 있어. 나도 지난번에 네가 전해준 것 어머니께 드렸더니 무척 좋아하시더라. 그리고 너무 초조해 하지 마라. 오늘 통일 철도가 개통되니 곧 자유롭게 긴 시간 만날 날이 반드시 올 것이라고 나는 믿으니까. 아니 이것은 단순한 믿음이 아니라 이미 우리가 우리 만남의 장을 열어가고 있는 것이니까. 이제 가 봐."
하고 류영수가 답을 하는 것인지 헤어지는 인사를 하는 것인지 아주 짧은 대화를 나누었다.

"그래. 나야 괜찮지만 네 안전을 위해서라도 이만 갈 테니 몸조심 해. 건강해야 또 만날 것 아니냐."

그래도 아쉬워 최성종이 또 한 번 흘낏 쳐다보며 다시 한마디 하자,

"너도 건강해라. 그래야 때가 되면 우리의 뜻을 함께 펼 수 있으니까."
하고 류영수 역시 최성종을 흘낏 바라보며 입가에 미소를 지은 채 말했다. 그리고는 늘 헤어질 때 인사하듯 둘이 거의 동시에,

"또 보자."

하는 말을 끝으로 최성종은 발길을 돌렸다.

지난번 평양에서 만날 때는 볼을 타고 흐르던 눈물이 오늘은 남들의 눈이 무서워 그렇게 할 수도 없는 처지이다 보니 그저 눈에는 한 방울 점처럼 피어오르고 나머지 눈물은 마음속, 그것도 저 깊은 심장의 아랫부분에 강으로 드리우며 흘낏 류영수를 다시 쳐다보니 류영수 역시 눈에는 반짝이는 점 하나 뿐이고 오른손을 가슴에 대고 있었다.

최성종은 자리를 떠나 기자들이 모여 있는 곳을 향해 가면서 류영수가 자유롭게 긴 시간을 만날 것을 믿는다는 말, 아니 이미 우리가 우리 만남의 장을 열어가고 있다는 말과 건강해야 때가 되면 뜻을 편다는 말이 무언가 아리송한 것 같았지만, 도라산역이 개통되니 우리가 자유롭게 만날 수 있는 날이 그만큼 가까운 것 아니겠느냐, 그러니까 곧 다가올 그런 날들을 위해서라도 건강해야 한다는 뜻으로 받아들이고 있었다.

다만 아무리 그렇게 받아들이려고 해도 뜻을 편다는 말이 궁금하기는 했지만 다시 돌아가서 물어 볼 수 있는 처지가 아니다 보니, 그것 역시 자유롭게 만나고 싶은 우리의 바람이 도라산역을 개통하고 통일 열차가 다니다 보면 이루어질 수 있다는 소리라고 스스로 해석을 하며 자신을 달래고 있었다.

"별로 얘기도 못하셨죠?"

눈치 빠른 오 기자가 작은 소리로 물었다.

"그냥 인사만 했어. 그래도 그게 어디야? 생각도 못했던 일이지. 이제 도라산역도 개통되니 곧 또 좋은 시간이 오겠지."

최성종은 류영수가 자기에게 했던 말을 오 기자에게 하고 있었다. 그러나 류영수가 얘기할 때의 그 목소리가 어떤 계획을 세우고 그 계획의 실천을 위해 자기에게 다짐을 심어주는 단호한 목소리로 한 그런 얘기였다면, 최성종의 그것은 자기의 바람이 꼭 이루어지기를 바라며 절대자에게 도움을 청하기 위해 기도하는 목소리 바로 그것 이었다.

22

정상회담이 끝난 9시 50분.

남북 정상이 입장할 때와 똑같이, 나란히 선 채로 손을 잡고 회담장을 나와 각 국에서 온 축하 사절단장, 혹은 각 국 국가 원수들이 기다리고 있는 VIP 대기실을 향하였다. VIP 대기실에는 오늘을 위해 참석해 준 적어도 수상 이상인 사절단장들이 남과 북이 하나가 되어 들어서는 모습에 박수갈채를 보내며 남북 정상을 환영했다.

유난히 본국의 급한 사정과 실무 차원의 축하 사절단 파견이라는 명분으로 국무 차관을 단장으로 파견 한 미국의 국무 차관도 그 자리에 있었고, 김정일 위원장과도 악수를 했다. CNN은 이 장면을 생중계하며 이곳 대한민국 땅에서 북의 김정일 위원장을 미국 대표가 이렇게 만나 악수를 하는 역사적인 장면이라고 소개를 하였지만 다른 나라 정상들과 김정일 위원장이 악수하는 장면에서 다른 나라 언론들이 쓰는 표현처럼, 서로 적으로 알았던 남과 북인데 대한민국 땅에서 대한민국의 적으로 알았던, 그래서 결코 대한민국 땅에서는 이루어질 수 없던 일로 알았던 일, 바로 우리 정상과 김정일 위원장이 악수하는, 역사적인 양국 정상의 악수라는 표현을 쓰지는 못했다.

각 국 축하 사절들과의 인사가 끝이 나자 대통령과 김정일 위원장이 나란히 손을 잡고 앞줄에 서고 그 뒤를 이어 각 국 정상들과 사절들이 서서 개통식을 위해 플랫홈 근처에 준비된 연단을 향했다.

이번 개통식에서는 국가 연주는 생략하는 것으로 이미 양측이 합의를 본 터이고 그 대신에 조금 전 남북 정상회담에서 채택한 공동 선언문을 대통령이 먼저 낭독하고 이어서 김정일 위원장이 기념사를 하기로 사전에 합의가 된 사항이었다.

개통식의 개막을 알리는 고적대의 축하 팡파르가 울려 퍼지고 대통령이 단상에 자리하고 섰다. 전 세계 각 국 언론들의 집중 후래쉬를 받으며 대통령이 남북 공동 선언문을 낭독하기 시작했다.

〈남북 공동 선언문〉

오늘 역사적인 남북통일 철도를 개통하고 첫 통일 열차를 운행하는 것을 기념으로 한반도의 남북 두 정상은 자리를 함께 하여 아래 사항에 합의하고 공동 선언문을 채택하였기에 선포합니다.

- 아 래 -

　1. 한반도의 남북은 오늘 도라산역에서 열리는 통일 열차 개통식이 한반도 자주 평화 통일의 밑거름이 되도록 최선의 노력을 다한다.

　2. 한반도의 남북은 이후로 한반도 통일에 걸림돌이 되는 어떠한 요소가 발생할 경우 서로 긴밀히 협조하여 공동 대응한다.

　3. 한반도의 남북은 이후로도 자주 회담을 함으로써 통일에 방해가 되는 요소를 제거하여 하루 빨리 자주적이고 평화로운 통일 조국을 이루기 위해 최선을 다 할 것을 약속한다.

　　　　　　　　　　　　　　　　- 이 상 -

　대통령의 공동 선언문 낭독은 짧으면서도 함축된 자주 평화 통일 의지를 아주 잘 표현하고 있었다. 연이은 김정일 위원장의 기념사 역시 대통령의 공동 선언문과 크게 다를 바가 없는 내용이었다.

　오늘은 평양까지만 갔다가 다음에는 서울까지 가는 이 통일 열차가 하루 빨리 부산과 목포에서 푸른 들녘을 지나 신의주와 원산까지 이를 수 있는 날이 오도록 우리 모두가 민족 자주 정신을 갖고 통일의 의지를 불태우며 어떠한 장애 요소가 생길지라도 북과 남이 지혜를 갖고, 북과 남이 함께 협력해 공동 대응하다 보면 통일도 결코 먼 이야기로 끝나지는 않을 것이라는 내용의 이야기로써 공동 선언을 기념사로 바꾼 것 이상은 아니었다.

　이어서 축하 사절단을 대표하는 축사가 있었다. 이 축사를 정하는
데에도 의견이 분분 했었다. 과연 어느 나라 정상이 축사를 할 것인
가에 관한 문제였다. 그렇다고 참석한 모두가 할 수는 없는 문제이
고 그렇다고 어느 특정한 나라 정상을 시킨다는 것은 남과 북의 이
해관계가 특정한 나라를 지목할 수 없게 했다.

　결국 남측이 제안하기를 아무래도 평화라고 하면 상징적으로 떠
오르는 것이 교황청이니 교황청 대표가 축사를 하자는 제의를 했고,
북에서도 특별히 이의를 달지 않아 그대로 결정된 것이다. 뿐만 아
니라 교황청 담화 내용이 북에서도 반길만한 내용들, 즉 오늘의 이
행사가 세계 평화를 앞당기는 주춧돌이 될 것이라는 내용들이 북으
로부터 굳이 반대할 까닭이 없게 했는지도 모른다. 교황청 담화가
교황청 국무성장 추기경의 낭독으로 끝이 나고, 축하 팡파르를 울리
는 것으로 연단에서의 행사는 끝이 났다.

　이제 어떻게 보면 오늘의 하이라이트라고 볼 수 있는 행사로써 김
정일 위원장이 통일 열차를 타고 평양으로 향하는 순서가 되었다.
팡파르에 이어 울려 퍼지는 고적대의 행진곡과 군중들의 터질 듯한
함성 속에 연단에서 내려온 김정일 위원장은 연단 아래에서 기다리
고 있던 류영수가 앞으로 가시라는 손짓을 두 손으로 정중히 하자
앞장 서서 걸었고 류영수가 뒤따랐다.

열차에 오른 김정일 위원장은 군중을 향해 손을 흔들었고 군중들과 내외 귀빈들은 터져나갈 듯한 함성과 함께 박수를 치며 환호해 대답하고 있었다. 바로 뒤에 류영수가 서서 최성종을 바라보고 있었다.

그러나 그것도 잠시 김정일 위원장이 열차 안으로 모습을 감추자 류영수도 같이 안으로 들어갔고, 열차 아래에 서 있던 경호원이 오르며 문이 닫혔다. 차장이 초록색 깃발을 흔들어 신호를 보내자 열차는 기적을 크게 두 번 울리고는 서서히 움직이는가 싶더니 이내 속도를 내어 달리기 시작했다.

공식적인 개통식 행사는 끝이 났다. 이제 축하 행사를 하는 순서로 이어질 것이다. 조금 후부터 서울에서 하는 것보다는 이곳 도라산역에서 하는 것이 그래도 의미가 있다고 하여 임시로 마련된 오찬장에서 이어지는 공식 오찬과 그 뒤에 특별 열차 편으로 서울에 돌아가서 저녁에 열릴 축하공연과 외국 정상이나 혹은 사절단장을 섭외하여 각 TV 방송국에서는 도라산역 통일 철도 개통을 기념으로 준비한 특별 프로 등에 참석시키는가 하면 이것을 계기로 모이게 된 각 국 정상끼리의 회담이 줄을 이을 것이다.

이런 일들은 국제적인 행사로 외국 대표들이 많이 모이는 행사에는 으레 끼게 되는 외교상으로는 아주 중요한 기회들로써 어쩌면 오늘의 행사가 평화를 모토로 한 행사라 더 많은 외국 정상들이 모인 것이리라.

특이할 점은 이번 행사에 참여한 이스라엘 총리와 교황청 국무성장 추기경이 서울로 가자마자 단독 회담이 잡혀 있고, 그 두 시간 후에는 교황청 국무성장 추기경과 팔레스타인 수반의 회담이 잡혀있어 두 회담이 끝난 후 이스라엘 총리와 팔레스타인 수반의 회담이 과연 성사될 것 인가에도 초점이 맞춰지고 이미 앵글은 이 행사가 끝남과 동시에, 아니 김정일 위원장이 탄 열차가 플랫홈에서 움직이기 시작함과 동시에 그쪽으로 돌아가고 있었다.

　이제까지 그런 중재 회담은 으레히 미국의 역할이었다. 그러나 미국이 중재역할을 자처하고 나서는 데에는 한계가 있다는 것을 전 세계가 공감하고 있던 터이지만 차마 말을 못하고 있었는데, 이번 도라산역 개통행사에서 평화를 위한 사절단이라는 의미로 함축되는 교황청이 각 국 축하 사절단을 대표하여 축사를 하게 된 것을 기점으로, 교황청에서 그동안 평화를 위한 각종 중재나 자리 마련을 은밀하게 해 오던 것을 처음으로 드러낸 것이다.

　미국이 해오던 중재 역할이라는 것이 자기 이익을 챙기기 위해서 평화를 위한 척하며 힘을 내세워서 아무리 이루어 보려 해도, 중재 자임을 자처하고 나서는 미국과 이해 당사국들 간의 이해가 엉키고 맞물려 노력을 해도 크게 성과를 거두지 못하였던 것이다.

　결국 이번 일이 계기가 되었다고는 하지만, 평화를 중재하는 데 다른 나라처럼 어떤 이해득실에 얽매이는 것도 아니고, 자기 실속을 차리는 것도 아닌 사심이 없는 교황청이 나서주도록 그동안 주변에서 무언의 건의를 꾸준히 해 왔었고, 교황청도 평화를 위한 일인만큼 쾌히 자처하고 나섰으니 이스라엘과 팔레스타인 두 정상 회담도 가능할 수 있다는 것이 외교 전문가들의 분석이었다.

물론 전에도 팔레스타인과 이스라엘 정상의 회담이 없었던 것은 아니지만 그 때와는 색깔이 다를 것이라는 기대에 섞인 분석이었다. 또한 이 모든 것이 대한민국이라는 조그만 땅에서 도라산역이 개통됨으로써 그 계기가 마련된 것이라고들 했다.

큰 일 없이 오찬이 마무리되어 특별 열차편으로 각 국 축하 사절들이 서울로 향했다. 축하객을 위하여 특별히 증편된 임시 열차를 타고 가는 것이 서울에 도착하기가 훨씬 빠를 것이라는 판단으로 최성종은 김상덕과 함께 신문사 차량보다는 기차로 가겠다고 하자 같이 취재를 나왔던 사진기자인 백진수 기자도 같이 가겠다며 열차에 올랐다.

"백 기자! 백 기자도 점심 아직 못 먹었지?"

하고 최성종이 묻자,

"예, 선배님은요?"

"당연히 못 먹었지. 우리 서울 내리면 산수 갑산을 가더라도 설렁탕 한 그릇 먹고 가자구."

최성종이 빙그레 웃으며 말하자 백진수가,

"점심 못 먹은 게 한 두 번은 아니지만 오늘은 유독 시장하네요. 아침에 일찍 나온 까닭도 있지만 제 생각에는 행사가 행사인 만큼 긴장한 탓도 큰 것 같아요. 바짝 긴장할 때는 모르다가 그 긴장이 풀리면 피로와 허기가 함께 오는 뭐 그런 거죠."

그러자 김상덕이,

"선배님 같은 베테랑도 긴장하세요?"

하고 묻자 백 기자는,

"아, 그럼 이 사람아. 오늘 같은 상황에서 긴장 안 되면 그게 사람인가? 아무리 노련하고 능력 있다고 해도 오늘 같이 큰 행사 앞에서는 다 긴장할거야. 아마 최 선배님도 긴장하셨을 걸?"

그 말을 듣던 최성종이,

"행사 규모나 객관적인 중요성과는 별도로 항상 취재에 임할 때는 긴장을 해야 놓치지 않지. 마음이 풀어져 있으면 잡히는 것보다 놓치는 것이 더 많은 법이거든. 물론 긴장하는 것과 당황하고 겁먹는 것을 잘 구분해야 되지만."

최성종의 말을 듣던 백진수가,

"김 기자, 잘 들어. 적어도 중앙 일간지에서는 기자의 국정 교과서로 평이 난 분 아닌가?"

하며 무언가 말을 이으려하다가 갑자기,

"참, 최 선배님. 아까 그 썬글라스 쓰고 김정일 위원장 차 문 열어주던, 김정일 위원장 가장 가까이에 있던 그 인민군 아시는 분이세요? 얼핏 보았는데 김정일 위원장이 정상회담 들어 가셨을 때 두 분이 저쪽에서 무슨 말씀 나누시는 것 같던데요? 제가 보기에는 계급도 꽤 높은 것 같고 김정일 위원장 측근인 것 같던데…. 경호원도 아닌 정복을 입은 군인으로 가장 가까운 곳에서 의전 경호를 하는 것을 보면 그냥 단순한 경호원이라고 보기에는 보통은 넘는 것 같은데다가, 두 분이 무언가 이야기를 나누시는 것이 마치 아시는 사이일 것 같아서 제가 앵글을 맞춰 한 장 찍었어요. 작업해서 드릴까요?"

백 기자의 말을 들으며 순간 최성종은 들켜서는 안 될 무언가를 몰래 하려다 들킨 심정 그대로였다. 남들 눈을 피한다고 피해서 서로 마주보지도 않고 일부러 흘낏흘낏 쳐다보며 최소한의 인사만 했다고 생각했는데 이미 백 기자가 본 것이다.

최성종은 오늘처럼 류영수를 이런 자리에서 또 만나는 순간이 오더라도 앞으로는 더 조심해야겠다고 생각하며 막 입을 열려는데,

"우연히 정상 회담장으로 대통령과 김정일 위원장이 들어가고 난 후 조금이나마 시간이 나겠다 싶어 담배 한 대 피우려고 혹시 그 쪽에 흡연실이 있나 하고 가는데 최 기자님과 그 분이 꼭 무슨 말씀을 나누는 것 같더라구요."

그 이야기를 들으니 그래도 조금은 안심이 되었다. 흡연실을 찾다가 그랬다니 그렇게 많은 사람이 보지는 않았을 거라는 생각이 들기는 했지만 그래도 안도할 수 없자 최성종은,

"꼭 안다기 보다는…. 북에 취재 갔을 때 본 적이 있는 얼굴이기에 혹시 뭐 좀 건질까 해서 몇 마디 물어 보았는데 이렇다 할 대답은 안 해 주더라구. 그 친구들 입 열기가 어디 쉬운가? 어쨌든 간에 기왕 앵글 맞춰 찍었다니 사진은 두 장씩 현상해서 한 번 줘봐. 한 장은 내가 갖고 혹시 이런 기회가 또 오면 그 사진이라도 한 장 디밀어 주

면 또 누가 아나? 뭐 좀 흘려줄지…. 자신이 생각하지도 못한 장면에서 자신이 클로즈업 되어 찍힌 모습을 기념으로 간직할 수 있게 챙겨주면 그것은 뇌물 이상의 효과를 발휘할 수도 있지. 이것이 인간이라는 동물의 특성 아닌가?

자기를 기억해 주는 그것만으로도 고마운데 자신을 클로즈업 시켜 간직할 수 있게 해 주는 데 싫다고 할 사람이야 있겠어?"

그 말을 듣던 백 기자가,

"두 컷이나 찍었는데 잘 됐네요. 제가 잘 작업해서 드리겠습니다."

이야기를 나누는 동안 특별 열차는 서울에 도착을 했고, 최성종과 일행은 내리자마자 근처 설렁탕집에서 요기를 하고는 서둘러 회사로 향했으나 마감시간이 얼마 남지 않은 시각이었다.

23

    데스크에서는 이미 특집으로 증면하기로 결정하고 광고 섭외까지 끝났으니 서둘러 원고와 사진을 특집에 걸맞게 내 놓으라고 했다. 이렇게 건 수 잡았을 때 증면을 해서 수입을 더 올려보겠다는 것이지만 그게 결코 나쁜 것은 아니라고 생각했다. 이런 때 아니면 사실 언제 대목을 본다는 말인가?

    신문사든 방송사든 이런 건 수, 말하자면 사건이 자꾸 생겨주어 특집이 많이 나올 수 있어야 장사가 잘 되는 것이다. 엄밀히 말하면 신문사 역시 장사요 사업이다. 이윤을 극대화하기 위한 사주와 기자들 사이에서 자주 트러블이 생기는 이유가 어쩌면 그런 연유에서인지도 모른다. 기자들은 언론인이라는 사명에 불타다보니 사실을 사실대로 그리고 약간은 사회정의라고 일컬어지는 편에 서서 기사를 작성하다보면 사주 입장에서 볼 때는 그것이 광고주들의 마음을 상

210 돈과친덕 1

하게 하는 기사일 수도 있고, 그런 기사는 광고유치에 부담이 되고 따라서 광고 수입이 준다는 것은 곧 수입의 감소로 이어지는 까닭에 그만큼 회사 경영이 어려워지니 좋아할 이유는 없을 것이다.

그렇다고 사주 입장에서 아무리 회사 경영과 이익도 중요하지만 신문 본연의 임무인 사회정의구현을 나 몰라라 내 팽개칠 수도 없는 것이니 그 역시 어려운 일임에는 틀림이 없다. 다만 그런 사주의 입장을 이해하지 못하고 필요 이상의 기사를 쓴다는 것이 사주의 생각이고, 적어도 신문이라면 이 정도의 글은 써 줘야 한다는 것이 기자들의 생각인데 그 적정점 찾기가 여간 어려운 일이 아니라 조정자 역할을 데스크에서 잘 해주어야 하나 그 역시 말처럼 쉬운 일은 아니다.

그렇지만 오늘 같은 경우는 어느 누구라도 증면하고 광고를 더 유치해서라도 수입을 극대화 하자는 데 이유를 달지 않는다. 다만 조금 더 피곤하다는 것 밖에는.

백 기자는 사진을 작업해서 두어 장 더 선별해야 한다며 작업실로 향했고, 최성종은 현장에서 메모했던 취재 원고 이외에 취재기자 눈에 비친 현장 스케치를 덧붙여야겠다며 이미 준비된 원고 이외에 현장 스케치를 쓰기 위해 자리에 앉았다. 되도록 류영수 얘기를 빼고 쓰려고 노력하였으나 류영수의 얘기를 빼고 쓰기에는 북쪽 스케치가 되지 않을 것 같았다.

그래서 굳이 류영수의 이름은 밝히지 않고 류영수의 얘기를 스케치로 그려 내려가려는 순간 류영수가 한 말이 생각났다.

"이제 통일 철도도 개통되었으니 곧 자유롭게 긴 시간 만날 날이 오겠지. 건강해야 때가 오면 우리의 뜻을 함께 펼칠 수 있지 않겠어?"

통일 철도가 개통되었으니 자유롭게 긴 시간을 만날 수 있다는 것은 그대로 받아들여지는데 때가 온다는 것은 무엇이고 뜻을 펼친다는 것은 무엇인가? 아까는 시간도 없고 해서 그냥 통일 열차의 개통이 우리의 만남을 자유롭게 할 것이라는 의미로 받아넘기고 말았는데 막상 글을 쓰려고 앉으니 무언가 자꾸 걸리는 것만 같았다.

그러면서 지난번 통일 철도 개통을 위한 회담을 취재하러 북으로 가기 전에 만났던 안명수가 했던 '길을 연다' 는 이야기가 한꺼번에 스크린 배경이 되어 영상처럼 스쳐가며 머리가 혼란해 지기 시작했다. 도대체 이번 일에서의 류영수의 말을 어떻게 해석해야 하는가? 무슨 뜻을 함께 펼치자는 이야기인가? 머리를 흔들어 보며 생각을 정리하려 하는데,

"최 기자, 아직 안 됐어? 마감 넘겨야 되는데…."

데스크의 다급한 목소리에 최성종은 빨리 마무리를 지어야 한다는 생각으로 스케치 끄트머리에 바람을 담는 것으로 마무리를 하기로 하고,

〈이름은 굳이 밝힐 필요도 없는 북쪽 경호원이 듣는 대상도 없이 혼자서 하던 말,

"이제 서울과 평양이 이어지니 곧 와 볼 날이 오겠지요?"

이 말을 들으며 나는 이렇게 그 대답을 해 주었다.

"오너라, 남으로…. 평화를 가득 안고 오너라. 우리도 행복과 평화를 가득 안고 북으로 가련다."

그러나 그 말은 소리 내어 할 수 없었다. 그냥 기도하는 마음으로 할 뿐이었다.〉

이렇게 글을 끝내고 있는데 마침 사진을 출력해 오던 백 기자가 문득 옆에서 이 글을 읽은 모양이었다.

"최 선배님, 지금 이 글 끝의 등장인물이 그 북쪽 군관 맞죠? 최 기자님과 이야기 나누던? 그럼 이 분하고 최 기자님을 함께 앵글한 이 사진을 넣어 볼까요? 지금 막 사진 넘겼으니 교체 가능할 텐데. 아니면 이 분만 따로 앵글한 이것으로 하던가?"

하면서 최성종과 류영수를 함께 잡은 사진 두 컷과 류영수 만을 잡은 사진 한 컷을 내밀었다.

최성종은 그냥 빙그레 웃으며,

"됐어. 중요한 것은 아끼자구. 언젠가 이 군관 사진을 꼭 쓸 날이 올지도 모르잖나? 오늘 같은 날은 이 스케치에 맞는 사진보다는 무게감 있는 분들 사진이 더 어울리는 날이고…. 공연히 헛수고하지 말자고. 좌우간에 이렇게 신경 써서 인화해 주어서 고맙네. 대신 이 사진 값은 술 한 잔 사는 것으로 하지."

하면서 백 기자로부터 사진을 받아 들며 자기가 쓴 원고를 데스크로 넘겼다. 데스크로 기사를 넘긴 후 최성종은 자리에 앉아 방금 자기가 백 기자에게 한 말을 생각해 보았다.

언젠가 꼭 쓸 날이 올지도 모르니 아끼자고 한 자신의 말이 마치 그런 날이 꼭 오기를 바라던 자신의 바람처럼 들렸다. 아니, 류영수가 말한 뜻을 펼 날이 구체적으로 무엇을 의미하는지는 모르지만 그것이 나쁜 일은 아닐 것이고, 그럴 날이 오기를 자신도 바라고 있기에 무의식적으로나마 불쑥 그런 말이 나온 것이리라. 최성종은 피식 웃었다. 류영수야 맡은 일도 그렇고 맡은 자리도 그러니까 그런 말을 할 수 있지만 기자인 내가 설령 기회가 온다고 해도 무슨 일을 어찌 한단 말인가?

그저 일어나는 현실을 독자들에게 바로 알릴 수 있을 뿐이지. 최성종은 오늘이 유난히 긴 하루처럼 느껴졌다. 주무부서가 문화부라 이제 머지않아 벌어질 저녁 축하 공연을 취재해야 하는 일정이 남아 있다는 것을 떠올리며 어디 가서 잠시 쉬었으면 좋겠다는 생각을 하는데 전화벨이 울렸다.

"나, 안명수야."

안명수가 전화를 한 것이다.

"예, 선배님!"

최성종이 반갑게 인사를 하자,

"바쁠 텐데 왜 전화했나 궁금하지? 사실은 지난번에 자네 만났을 때 너무 비관적인 이야기만 한 것 같아서 혹시 기사 쓰는데 지장을 준 것은 아닌가 하는 생각에 전화했어. 그래 오늘 마감은 잘 했나?"

"아, 예? 예. 선배님, 걱정 마세요. 선배님 말씀은 항상 좋은 참고

가 되면 되었지 결코 방해는 안 되니까요. 이렇게 전화까지 주셔서 감사합니다. 근일에 또 한 번 찾아뵙겠습니다."

최성종은 전화를 끊고 시계를 보니 벌써 다섯 시였다. 어디 가서 쉬고 말고 할 시간도 없다.

나가자.

나를 기다리지 않을지 모르지만 내가 가서 취재를 해야할 곳이 있는데, 그렇게 주어진 일이 있다는 것만으로도 감사해야 하는 것 아닌가? 최성종이 공연장이 마련된 시청 앞 시민 광장을 향하려고 자리에서 막 일어서려는 순간, 모니터용으로 켜놓은 TV에서 특집 뉴스를 시작하고 있었다. 물론 그 첫 소식은 남북통일 철도 개통소식이기에 잠시 보려고 눈을 돌렸는데, 남북 정상회담 소식 뒤를 이어 나오는 것이 이미 북쪽은 시작한 통일 철도 개통 축하행사 소식이었다.

이미 예고된 대로 4.15광장에서 대대적인 축하 행사가 벌어지고 있는데 이례적으로 북의 조선중앙 TV가 그 광경을 생중계한다면서 보여주는 장면은 역시 예고된 대로 군사 퍼레이드를 가장 먼저 했다. 그런데 그 군사 퍼레이드 장면에 최성종의 눈으로 빨려들듯 다가오는 것이 있었다.

조선중앙 TV 아나운서의 멘트에 의하면 대포동과 노동미사일의 단점을 보완하고 개선해 그 정확도를 높이고 사정거리 면에서도 뛰어난 새로운 미사일이라고 하면서 두만강과 대동강미사일을 소개하는 것이었다. 순간 최성종은 자기가 북에 취재하러 가기 전에 안명수가 했던 말이 생각났다.

"북에는 이미 두만강이라고 명명하는 장거리 미사일과 대동강이라는 중거리 미사일이 있어서 핵탄두만 장치하면 된다는 소리가 암암리에 떠돌고 있다고 하던데…"

최성종은 조금 전 안명수의 전화를 받았을 때 혹시 안명수는 이미 이 뉴스를 보고 전화를 했던 것이 아닐까 하는 의구심이 들어 안명수에게 전화를 하려고 수화기를 들다가 도로 놓았다. 지금은 누구도 확인해 줄 수 있는 일이 아니다. 다만 안 선배도 그런 이야기가 있더라는 것 이상은 아니었으니까. 설령 이 뉴스를 보고 전화를 한 것이라 하더라도 저 두만강과 대동강이 반드시 핵탄두를 장착하기 위한 것이라고 누가 또 보장할 수 있다는 말인가?

최성종은 그냥 가던 길이나 가기로 했다.

24

그날 이후로 도라산역 통일 철도 개통식과 관련해 신문은 신문대로 연일 증면을 해가며 특집으로 다뤘다. 물론 신문보다는 방송이 더 좋은 호재 삼아 연일 특집을 엮어가며 전 세계의 반응과 함께 통일로 가는 길목에 선 순간처럼 보도하고 있었다. 그도 그럴 것이 김정일이 타고 북으로 간 열차가 10월 7일 북한의 제1차 문화 관광단을 태우고 남으로 오게 되어 있는 까닭에 일주일이라는 시간은 연일 그 보도를 해도 아무도 싫어하지 않을 뿐만 아니라 시청률을 충분히 끌어올릴 수 있는 당위성이 있었기 때문이다.

이미 합의 된 바와 같이 남북 모두가 문화 관광단의 순서를 우선적으로 남북 이산가족에 두었기 때문에 남이 되었든 북이 되었든 흩어져 있는 가족이 있는 사람이 먼저 속할 수 있게 되었다. 물론 그동안에도 이산가족의 만남이 이루어졌다고는 하지만 그것은 비정기적인 만남이었다. 그때그때 남과 북이 합의하는 바에 따라서 이루어진 것으로 다음 번 만남이 또 언제 이루어질지는 그야말로 남북 합의 결과에 의해서나 결정 나는 것이었다.

그러나 이번에 결정된 것은 적어도 한 달에 두 번씩은 교류가 있는 정기적인 만남이 전제가 되었으니 이산가족은 누구든지 희망을 가질 수 있는 절호의 찬스라고 생각을 하고 저마다 부풀어 있었다. 그러던 터에 북에서 남으로, 그것도 며칠 전에 개통된 통일 열차를 타고 내려온다고 하니 가히 꿈이 현실이 된 기분이라고 해도 과언은 아닐 것이다.

뿐만 아니라 설령 이산가족이 없는 사람이라도 이제껏 있었던 금강산 관광 등과는 또 다른 차원으로 '죽기 전에 북녘 땅을 밟아볼 수는 있겠구나' 하는 기대감으로 들뜰 수밖에 없었다. 그런 국민들의 바람이자 욕구를 해소시켜 줄 수 있는 특종이니 1주일은 충분히 시청률을 올리고도 남는 것으로 방송에서는 절대 그냥 지나칠 수 없던 것이다.

일주일이라는 시간이 어떻게 흘렀는지 모르게 지나가고 10월 7일 첫 문화 관광단이 남으로 내려오던 날.

최성종은 서울에 온 북녘 손님들을 맞는 자리에 취재를 나갔다가 끝내자 마자 안명수를 만났다. 안명수를 만난 곳은 지난 번 북에 취재하러 가기 전에 만난 바로 그 고기구이 집이었다.

"변하지 않는 것이 있다면 이 집 분위기 밖에 없는 것 같아. 십 수

년 전 자네와 드나들 때나 지금이나 변한 것이라고는 연탄이 숯으로 변한 것 빼고는 하나도 없는 것 같으니 말이야."

안명수가 최성종과 자리를 마주하며 먼저 말을 꺼냈다.

"그러나 저러나 오늘은 웬일인가? 자네 오늘은 무척 바쁠 것 같았는데."

안명수가 최성종의 술잔에 술을 따르며 이야기를 꺼내자 최성종은,

"바쁘기야 요 며칠 정말 정신이 없었죠. 그런데 막상 바쁘다기보다는 무엇인가에 홀린 기분이랄까? 뭐 그런 기분이 자꾸 들어요. 지난번 회담 취재 갔을 때부터 며칠 사이에 벌어진 일들은 막상 제가 글을 써서 활자화된 기사를 읽어도 생각지도 못했던 일들이 일어나서 저 자신이 못 믿겠다는 생각이 들 정도예요. 그냥 확확 바뀌는 것이 저도 정신이 없어요. 이루어지기를 바라면서도 '이 일이 정말 가능할 수 있을까' 하고 생각했던 일들이 이루어질 때 느끼는 뭐 그런 기분 있죠? 요즈음은 제가 그런 것 같아요."

그러자 안명수가 껄껄 웃으며,

"사람하고는…. 아니, 이 사람아! 기자가 변하는 세대를 읽지 못하고 홀린 것 같다고 하면 어떻게 하자는 얘긴가? 그것도 병아리 기자도 아니면서…. 베테랑이라고 불리는 자네 정도라면 불리는 말에 걸맞게 급변하는 정세를 앞질러 가지는 못 할망정 적어도 놓치는 말아야지."

안명수의 농담 같으면서도 약간은 꾸짖는 의미가 섞인 말에 최성

종은,

"그러게 말입니다. 저 자신도 그런 생각을 하며 베테랑은 아니더라도 적어도 이 정도 일에 혼돈이 오지는 않아야 할 텐데 하고 자신을 추스려 보지만 자꾸 뭔가 저를 헷갈리게 하거든요."

"왜? 뒤에서 또 쑤석거리나?"

안명수는 최성종이 기사를 쓰는데 데스크나 혹은 그 외의 외압이 있는가를 묻고 있었다.

"아뇨? 그런 것은 아니고요…."

하면서 지금 자신의 판단을 알게 모르게 흐리는 류영수 얘기를 할까 말까 망설이는데,

"자네, 자네답지 않은 것이 뭔가 있어. 아니면 쓰고 싶은 것이 있는데 차마 쓰지 못하는 사연이 있던가. 혹시 공식 발표되지 않은 미국측의 어떤 반응이라도 알고 있는 것 아냐?"

하며 평소의 최성종 답지 않은 태도를 은근히 걱정도 하면서 무언가 말 못할 사연이 있음을 눈치 채고 있다는 것을 안명수가 넌지시 비추자,

"미국측의 어떤 반응이나 그런 것과는 전혀 상관없구요. 다만…."

최성종은 류영수 이야기까지 군이 해서 서로의 머리를 더 복잡하게 할 필요는 없다는 생각에 그만 입을 닫기로 하고,

"다만 한 가지 제가 좀 생각해 볼 문제가 있는데 어느 정도 정리가 되면 선배님께 말씀드리죠. 오늘은 늘 선배님께서 말씀하시던 대로 술집에 왔으니 술이나 마시죠?"

하면서 먼저 술잔을 들어 올렸다.

그러자 안명수가,

"그래? 그럼 술이나 마시자구."

하며 맞장구를 치고 잔을 들어 올렸다. 그런데 술잔을 내려놓던 최성종이 무엇인가 생각난 듯,

"참, 선배님. 지난 번 정상회담과 축하공연하던 날 북쪽 군사퍼레이드에 두만강과 대동강미사일이 등장하던데…."

하며 말을 이으려 하자,

"글쎄, 나도 흘러가는 이야기를 들은 것에 불과하니 뭐라 확실하게 말 할 수는 없지만 그 말이 사실일 수 있다는 쪽이야. 왜? 그것이 요즈음의 자네 판단을 흐리게 하나? 아니면 그런 이유로라도? 뭐, 미국 쪽이나 아니면 이쪽 모처에서 무슨 얘기가 나온 거라도 있어?"

안명수는 비록 흘려들었다고 표현은 하지만 말하는 모양이나 어감으로 봐서 어디서 들었는지는 몰라도 단순히 흘려들은 그 이상임에는 확실한 것 같았다.

최성종이 막 그런 이야기를 하려는데,

"모르지. 그것이 정말일지도…. 나는 그 말이 사실이라고 생각하는 사람 중 하나니까. 모르기는 몰라도…."

하면서 무엇인가를 이야기 할듯 하던 안명수는 갑자기 말을 바꾸며,

"이 사람아 술집에 왔으니 술이나 마시자며?"

안명수는 더 이상 이야기하지 말자는 뜻으로 술이나 마시자고 했다. 이미 안명수는 그것이 사실이라는 것을 자신의 생각을 빌어 최

성종에게 얘기해 준 것이 아닌가? 최성종은 더 말할 필요도 없이 북에 이미 두만강, 대동강미사일은 물론 핵을 보유하고 있다고 자신에게 말한 것이라는 안명수의 무언의 전달을 알아채고는 술잔을 채웠다. 가득 찬 술잔 속에서 류영수의 얼굴이 어른거리는 것 같았다.

그리고 류영수가 흘리듯 하던 이야기가 또 생각났다.

"때가 되면…."

최성종은 때가 언제인지는 모르지만 빨리 오라는 자신의 소망을 담듯 그렇게 술잔을 가득 채우고 있었다.

25

12월 23일.

지난밤부터 내린 눈이 세상을 하얗게 덮어 한해를 깨끗이 마무리하고 다가오는 새해를 맑은 마음으로 준비하라는 듯 온통 세상을 하얗게 덮고 있었다.

그러나 다가오는 새해에 대한 설계를 하며 지나가는 연말을 조용히 마무리하기보다는 가는 세월에 대한 아쉬움과 미처 못다 이룬 꿈에 대한 아쉬움이 겹쳐, 보이지 않는 아쉬움들이 쌓이는데다가 낮동안 군데군데 눈이 녹으면서 세상은 더 지저분하게 변해 가는 듯싶었다.

게다가 어둠이 슬그머니 다가오면서 가는 세월이 무엇이 그리도 아쉬워 술로라도 달래야 했는지 술에 취해 비틀거리는 사람들이 하나 둘씩 늘면서 어제부터 눈이 내려준 의미가 퇴색되는 기분이었다.

어제부터 내린 눈 덕분에 아침에 차를 놓아두고 출근을 해서 지하철을 타려고 시청 앞 지하철역으로 가며 눈에 보이는 풍경을 짚어서 그런 생각을 하던 최성종은 언젠가 정치수 기자가 자신이 한 말을 받아들이며 농담 삼아 가훈으로 삼겠다던 이야기가 떠올랐다.

'꽃잎이 떨어진다고 아쉬워 마라. 한 잎 주어 찻잔에 띄우면 그 향기 그윽할 것을.'

그 말을 생각하며 문득 어디 가서 차 한 잔을 하고 싶다는 생각을 했다. 근처의 그럴 듯한 분위기나 이름을 가진 찻집의 간판이라도 쳐다보며 그 분위기 속에서 가상의 향기라도 느껴 볼 양으로 눈을 드는 순간 '코리호텔' 간판이 눈에 들어왔다.

'아차, 그러고 보니 오늘이 12월 23일 금요일이구나.'

아침에만 해도 확실히 머릿속에 저장되었던 그 날자가 어느새 나를 벗어나 있었다.

'북에서 도라산역을 통해 남으로 특별 열차가 내려온 날이지.'

처음에는 신문이고 방송이고 난리를 치던 일들도 차츰 세월이 지나면 기억 속에는 살아 있어도, 아니 진행되고 있어도 막상 그 일을 겪고 있는 사람이나 그 일에 직접적인 이해관계가 형성된 사람이 아니라면 그 관심도는 줄어들어 마치 기억의 저 편에 있는 것으로 보일 수도 있는 것이다.

그러나 남북통일 철도 개통으로 인한 통일 열차의 운행 문제는 시간이 지날수록 더 많은 국민들의 관심과 여론이 적극적인 호응을 나타내어 관심이 식기는커녕 오히려 더 고조시키는 듯 하였다. 물론 TV나 신문에서 열차의 운행이나 방문객의 문제를 처음처럼 그렇게 대대적으로 방송을 하고 특집으로까지 기사화 하는 등의 요란스러운 행위는 사라진지 오래되었다.

그러나 그 관심이라는 것이 몇 면의 몇 단 기사로 나느냐 보다는 얼마나 심도 있게 다루어지고 진취적으로 다루어지냐를 논하는 것이라면 오히려 더 많은 관심을 불러일으키고 있다고 해도 과언은 아니었다. 그 반응은 비단 남쪽만 그런 것이 아니었다. 북쪽에서도 관심이 높기는 마찬가지로 첫 통일 열차 운행 때부터 조선 중앙 TV에서도 상당한 관심을 보이며 금강산 가족 면회소에서 만나는 것과는 또 다른 의미를 부여하고 있었다.

금강산에서의 만남이 단순히 만나는 것이라면 이것은 만남 이상으로 철도가 운행된다는 의미와 게다가 이 철도는 곧 신의주에서 부산, 또 원산에서 목포까지 운행될 것이라고 수차 강조하였다.

그것은 남쪽에서도 마찬가지였다. 남북 이산가족의 만남이야 이미 수차례에 걸쳐서 가진 일이지만 열차가 개통되어 관광버스로 면회소에 가서 만나는 것이 아니라 이제 곧 서울과 평양을 넘어 부산에서 신의주는 물론 원산까지, 또 목포에서도 신의주나 원산까지 갈 수 있는 날도 멀지 않았으니 자유 왕래가 실현될 날이 그리 멀지 않을 수도 있지 않느냐는 추측이 나올 정도에 이르렀고, 심지어 성격 급한 전문가들은 자유 왕래를 위해 선급되어야 할 문제라든지 혹은 자유 왕래를 위해 양측이 갖추어야 할 제도와 법의 개정문제까지를 거론할 정도로 급물살을 타고 있었다.

이것은 그동안 국민들이 얼마나 애타게 기다렸던 통일이었나를 단적으로 보여주는 것이었다. 통일을 애타게 기다렸기에 남북에 열차가 자유롭게 왕래한다는 사실만 가지고도 이미 통일이라도 된 양 부푼 가슴을 쓸어내지 못하고 터뜨리고 마는 것이었다. 정부는 정부대로 이렇다 할 호재를 잡은 모양새가 되었다. 그렇지 않아도 최근 경기가 좋지 않아서 국민들의 불만이 높아가던 참이었는데 이런 좋은 호재로나마 국민들에게 작으면서도 꿈에 부풀 수 있는 어쩌면 아주 큰 위안을 줄 수 있다는 것이 여간 다행한 일이 아니었고, 북은 북대로 역시 좋은 호재를 잡은 것이다.

어떤 이슈로 인하여 국민들의 아픈 가슴을 어루만져 주기에는 좋은 이 기회를 놓치지 않고 싶은 마음도 어느 정도는 작용하였겠지만, 그보다는 국민들의 염원을 수렴하는 측면에서 우리 정부는 북측에 연말과 설날에 한하여 특별 열차를 1회 증편 운행함으로써 연말에는 남으로 오고 설에는 북으로 가자는 제안을 했다.

우리 정부로써는 제반 경비를 부담하고 상호 열차가 운행되는 터라 그럴 바에는 연말의 풍요롭고 자유로운 모습을 북쪽 사람들 중 한 사람이라도 더 보게 함으로써 구전되는 자유의 분위기에 개방이 하루라도 당겨지면 당겨졌지 늦춰질 까닭이 없다는 생각도 있었다. 북도 이 좋은 제안을 놓치기도 싫고 이 제안을 받아들이는 것이 그쪽 백성들에게도 인민의 염원에 부응했다는 구실도 될 뿐만 아니라 괜찮은 수입도 된다는 점을 고려해 쾌히 승낙한 것이다.

오늘 그 특별 열차가 내려온 것이다.

아침에만 해도 그 행사를 분명하게 기억하고는 김상덕 기자가 취재해도 무리가 없겠다 싶어서 전담시키고, 다른 일에 매달리다 보니 어느 사이에 그 사실조차 자신을 이탈해 버린 것이었다. 오늘은 1차 만남으로 저녁 식사를 함께 하고, 내일은 종일 자유 만남을 가질 것이다. 물론 제한된 장소 내에서의 만남이라지만 종래와 비교하면 많이 자유로워진 것이다.

하지만 내일은 날씨도 춥고 눈도 내린다고 했으니 기껏 해봐야 호텔 내에서 이루어지겠지만 일단 북에서 남으로 올 때는 군사 분계선에서 인수인계가 끝나면 그쪽에서는 일체 간섭 없이 남쪽 요원들이 통제를 한다. 남쪽에서 북으로 갈 때도 역시 마찬가지로 군사 분계선을 기점으로 일체의 남쪽 통제 없이 북쪽의 지시에만 따르면 되니 한쪽의 통제가 줄어든 만큼 더 자유로운 만남이 된 것이다.

인솔 단장 역시 같은 방문단 멤버 중에서 나이 등을 고려해 자신들이 선출하는 것이니 그만큼 더 자유로워지는 것이다. 그런 자유 만남 시간도 늘었고, 또 그만큼 만나기도 쉬워졌는데 오늘도 최성종은 몇 번인가 방문객 명단을 꼼꼼히 훑어보았지만 정작 자신이 찾고 있는 이름은 보이지 않았다. 문득 자신이 이산가족이 아니라는 것이 아쉽기조차 한 생각까지 들었다.

최성종이 집에 오는 길에서 본 모습 역시 흥청거리기는 마찬가지였다. 12월 23일의 금요일이라는 것이 마음을 풀어놓기에 충분한 이유로 작용했던 것이다.

가장 가난한 모습으로 태어나시기 위하여 말구유를 택하신 예수 그리스도의 인류 구원의 지존한 의지는 술잔 속에 녹아 사라져 가고 있었고, 한해를 의미 있고 조용한 자기반성으로 마무리하고 다가오는 새해의 계획을 새로운 마음으로 세우자는 송구영신이라는 글자는 흔들어 대는 술 취한 몸놀림과 번쩍이는 조명 사이에서 혼란만 더 해가고 있는 상황이었다.

　어쩌다 이렇게 문화가 굴절되어 잘못되어 가는지, 누구의 책임이고 무엇을 어떻게 바로 잡아야 하는지는 알면서도 모르는 척 하는 것인지 정말 모르는 것인지 일부 몰지각한 사람들은 핑계만 있으면 방탕한 쾌락 속으로 자신을 몰아가고 있었다.

　이 모습도 북쪽에서 온 저 손님들의 눈에는 자유로운 모습이라고 스케치되고 있을까? 최성종은 피식 웃으며 자칫 그들이 자유라는 것이 흥청거리는 것이라고 오인하는 일이 없기를 바랐다.

　마치 언젠가 본 '부시맨' 이라는 영화에 나오는 아프리카의 한 종족의 족장이 자기 눈에 보이는 세상이 전부라고 생각하던 이야기가 떠올랐다. 도구나 연장이라고는 전혀 없고 그저 사람의 손과 힘에만 의존하던 생활에 우연히 경비행기에서 떨어진 코카콜라 병 하나가 곡물을 빻거나 부수는데 더 없이 편한 도구로 여겨지면서 부족들에게 생활의 편리함을 가져다주는 도구로 사용되기 시작하였다.

　그러자 그 콜라병 하나를 차지하기 위하여 부족의 분열이 시작되고 싸움과 욕심이 표출되기 시작하자 족장은 그 콜라병을 주인에게 돌려주기 위하여 하늘에서 온 것이니 하늘로 높이 던졌으나 도로 떨어져서 제 머리를 맞추자, 그 병의 주인을 찾아 길을 떠나면서 벌어지는 여러 가지 사건을 소재로 하여 흠뻑 웃음을 안겨주었던, 그러나 결코 웃음만이 아니라 현대인들에게 생각할 무엇을 잔뜩 안겨주던 영화를 생각했다.

마치 그때 그 영화의 부시맨 족장처럼 북에서 온 저들도 지금 자기 눈에 보이는 술에 취하고 연말 분위기에 들떠서 흥청거리는 남쪽의 모습을 보고, 자유와 민주주의라는 세상이 전부 이런 모습인 것으로 착각하지 않나 하는 생각이 떠오르며 최성종은 다시 한 번 의미 없는 미소를 지었다.

26

최성종이 집에 들어와 저녁을 먹은 후 지하철 타러 갈 때 문득 생각났던 차 한 잔을 마시며 뉴스를 보고 있었다. 뉴스가 그 종반으로 가는 9시 40분쯤 되었을 때 휴대폰 벨이 울려 버릇처럼 휴대폰을 들자 애써 표준어에 가까운 억양으로 말하려고 노력하는 티가 역력하지만 강한 북쪽 억양이 깊게 배여 감추지 못하는 목소리가 흘러나왔다.

"중앙신문의 최성종 기자십니까?"

"그렇습니다만?"

순간 최성종의 머릿속에는 북쪽 억양이 느껴짐과 동시에 류영수의 얼굴이 클로즈업 되고 있었다.

"오늘 도라산역을 통하여 북에서 온 장석호입니다."

오늘 도라산역을 통하여…. 그 말이 최성종의 머릿속에 류영수를

더 크게 그리며,

"아? 예. 그런데 무슨….”

그 순간 상대는 거두절미하고 이야기한다는 단호한 억양으로,

"최 기자님, 잘 들으십시오. 이제 약 20분 후. 그러니까 10시 정각에 서울 한복판 세 군데에서 큰 폭발이 있을 겁니다. 하나는 종로 경찰서, 하나는 압구정 지하철 역, 그리고 마지막으로 북악 스카이웨이에 있는 북악 터널입니다.”

최성종은 편한 자세로 소파 등받이에 등을 댄 채 전화를 받다가 정신이 번쩍 들어 얼른 자세를 고치며 똑바로 앉아 전화기를 바로 들고는,

"여보세요? 지금 무슨 말씀이십니까? 그리고 지금 전화 주시는 분은 어디 계시는 누구십니까?”

"제가 드릴 말씀은 지금 드린 말씀이 전부입니다. 저는 다만 류영수 동지의 간곡한 청을 받고 혹시나 최 기자님이 그 근처 어디에 계시다가 다치시기라도 한다면 류영수 소장 동지께 죄를 짓는 것이 되어 이렇게 전화를 드리는 겁니다. 류영수 소장 동지께서 최 기자님에게는 이 시각이라도 좋으니 꼭 사전에 전화를 드려서 최 기자님이나 혹시 가족 분들이 폭발 대상 근처에 있으면 피하시게 하라는 부탁이 있어서 이렇게 전화 드린 겁니다.”

"여보세요. 장석호 씨라고 하셨죠?”

최성종은 다급했다. 그러나 침착 하려고 애쓰며 시계를 보고는,

"10시라고 하셨죠? 이제 겨우 십분 좀 넘게 남았는데 시간이 너무

축박합니다. 무슨 수로 이 짧은 시간 안에 피하라는 겁니까?"

"제가 말씀드렸다시피 저는 류영수 소장 동지께 지킬 의리를 다 지키는 것이니 저로서도 방법은 없습니다."

"여, 여보세요. 왜 굳이 죄 없는 사람들이 죽게 폭발을 한다는 겁니까? 남북관계 어쩌구 그런 것은 차지하고라도 왜 죄 없는 무고한 시민들이 죽어야 합니까? 폭발이 된다는 것을 아시면 그것을 멈출 수 있는 방법도 아실 것 아닙니까? 제발 멈추던가, 아니 그게 힘들다면 시간을 더 주십시오. 같은 민족끼리 이것은 아니지 않습니까?"

최성종의 목소리는 애원 바로 그것이었다. 그러나,

"그것은 제 뜻대로 되는 것이 아닙니다. 모쪼록 최 기자님과 가족분들은 피하셔서 화를 면하시면 저는 좋겠습니다. 그럼 이만 끊겠습니다."

전화는 뚝 소리와 함께 끊어졌다. 최성종은 얼른 휴대폰에 찍힌 번호를 확인하고 다시 전화를 해 보았다.

휴대폰 번호였다. 당연히 받을 리가 없었다. 최성종은 자신의 휴대폰에 나타난 시계를 보았다.

9시 44분.

이제 16분 밖에 남지 않았다.

류영수 얘기까지 거론된 것을 보면 이건 분명히 장난이나 거짓으로 한 전화가 아니다. 누가 최성종과 류영수 둘을 동시에 알고 거론하며, 더더욱 최성종에게 전화를 걸어 북쪽 억양이 잔뜩 배인 목소리로 류영수와의 의리 때문에 전화를 해 준다는 것은 최성종과 류영수가 가까운 사이임을 안다는 것인데 그렇다면 정말로 류영수가 직접이든 아니면 간접이든 개입된 이 이야기는 실화인 것이다.

최성종은 아내에게 지하철 공사와 도로공사 상황실 전화번호를 알아보라고 하고 자신은 업무상 이미 알고 있는 종로 경찰서 상황실로 전화를 했다.

"예, 종로 경찰서 상황실 경…."

미처 상대방의 말이 끝나기도 전에,

"여보세요? 나는 중앙신문 최성종 기자요."

하며 자신을 또렷이 밝히자 상대는 갑자기 왜 관등성명을 밝히나 싶어 황당하다는 목소리로,

"그런데요?"

하고 반문조로 얘기하였다.

최성종은 마음이 급해 그런 저런 것은 전혀 개의치 않고,

"이건 장난이 아니니 잘 들으세요. 10시 정각에 종로 경찰서가 폭파됩니다. 어서 피하셔야 합니다."

"뭐라구요?"

"10시 정각에 종로 경찰서가 폭파된다는 제보가 들어 왔습니다. 이건 장난이 아니라 믿을 만한 정보예요. 빨리 피해야 합니다."

최성종이 잔뜩 긴장하고 어수선한 목소리로 이야기하자,

"이 양반이 약주가 과하셨나? 여보세요. 연말이라고 술 한 잔 드셨으면 일찍 들어가서 주무세요. 비싼 술 마시고 장난 전화하시지 말고. 댁들처럼 연말이라고 한 잔 걸치고 장난전화 하시는 분들 때

문에 우리가 더 머리 아프거든요? 그렇지 않아도 바빠 죽겠는데. 그리고 경찰이 경찰서 폭파된다고 도망갑니까? 죽어도 예서 죽을 테니 그리 아시죠. 자, 그럼 끊습니다."

저쪽에서 비록 화가 머리끝까지 난 티가 역력함에도 불구하고 그래도 꽤 예의를 갖추며 먼저 전화를 끊었다. 하기야 최성종 자신이 저 경찰 입장이 되어도 누가 그 말을 믿겠는가? 대한민국 경찰의 자존심인 종로 경찰서가 갑자기 폭파된다고 하는데 누가 그 말을 믿겠는가?

전시도 아니고 그렇다고 민중 폭동이 일어난 것도 아닌 이 평온한 시기에…. 그리고 경찰이 경찰서 폭파된다고 도망가는 것이 아니라 폭파되어도 경찰서에서 죽겠다는데 할 말이 없었다. 그때 아내가 도로공사 상황실과 지하철공사 상황실 전화번호를 내밀었다. 최성종은 먼저 지하철공사 상황실로 전화를 걸었다.

"예, 지하철공사 상황실의 강…."

느긋한 어투로 자신을 밝히려는 상대방의 말이 채 끝나기도 전에,

"저는 중앙신문의 최성종 기자입니다."

"아? 예. 중앙신문 최성종 기자님 이시라구요. 웬일로 이 시간에 저희 상황실에 전화를 주셨습니까?"

"놀라지 말고 잘 들으세요. 오늘 밤 10시 정각에 압구정 지하철역에서 폭발물이 폭발한다는 제보가 있어서 전화 드렸습니다."

"뭐, 뭐라고요? 그, 그게 정말입니까? 아직 경찰 쪽에서 아무런 연락도 없었는데요?"

상대방은 당황하면서도 그런 일이라면 당연히 경찰 쪽에서 먼저 연락이 왔어야 하는 것 아닌가 하는 의심스런 기색을 역력히 나타내고 있었다.

"예, 이번 일은 묘하게도 경찰보다 제가 먼저 알게 되었습니다. 저는 정말로 중앙신문 최성종 기자이고 저한테 제보해 준 사람도 확실한 사람입니다. 우리 밑져야 본전인데 열차 진입 통제시키고 역사 안에 있는 승객들도 대피 시켜서 역사 진입을 막아 봅시다. 지금 경찰에 연락해서 다시 지휘계통을 거쳐 명령을 하달받기에는 겨우 10여 분도 안 남았는데 그러다가 큰 일을 겪을 수 있잖습니까?"

"글쎄요. 저도 중앙신문 최 기자님이시라니까 그 말씀을 믿고는 싶지만 만약 이것이 잘못되면 밑져야 본전이 아니라 나는 시말서? 아니지, 어쩌면 모가지가 왔다 갔다 할 수도 있는 일이라서…."

최성종은 애가 닳았다.

아직도 한 군데 더 전화를 해야 하는데 상대방은 전혀 바쁠 일이 없다는 투였다. 아니, 바쁠 일이 없다는 것보다는 믿어야 할까 말까를 생각하며 자로 무엇을 재듯 머릿속으로는 무엇인가를 재는 듯 했다.

"여보세요. 제가 정말 중앙신문 최성종 기자인지 아닌지 못 믿겠으면 중앙신문 야간 상황실 전화번호를 알려줄 테니 그 곳으로 전화해 보세요. 최성종이가 거기 기잔가 아닌가? 그리고 내 휴대폰 번호를 아니, 내 사원 번호를 대면 확실히 확인해 줄 것 아닙니까?"

"글쎄, 최 기자님은 전에 제가 한 번 뵈어서 알기는 아는데 그 제보가 진짜인지 그것이…."

"만일 그게 거짓이면 내가 내일 우리 신문에 거짓 제보자는 나라고 쓸게요. 대신 사실이면 당신은 수많은 목숨을 살린 영웅이 되는 것입니다. 물론 오늘 조치를 확실히 해 주신다면 파면을 담보로 보여준 용기 있고 결단력 있는 당신의 행동도 크게 쓸 겁니다."

"아, 그래요? 그렇다면 좋습니다. 열차 진입 중지시키고 현재 역사의 모든 사람은 밖으로 내 보내게 하고 역사의 모든 통로를 차단해 진입을 금지 시켜 보겠습니다. 이크, 이제 7분 밖에 안 남았네. 자, 이제 끊읍시다. 참…."

전화를 끊자던 그 사람은 무엇이 생각난 듯 전화를 못 끊게 하자 최성종은 다급해져서,

"왜요? 뭐 문제라도 있나요?"

하고 되묻자,

"아닙니다. 잘못된 것이 아니라 제 이름을 말씀드리지 않은 것 같아서요. 제 이름은 강병국입니다. 잊지 마세요. 강병국."

"예, 알겠습니다. 강병국 씨. 빨리 조치를 취해 주세요."

강병국이라는 그 사내는 언제 최성종을 보았는지 모르지만 그래도 한 번 보았다는 사실만으로 최성종을 믿어 보겠다고 했다. 그러면서도 자신의 이름이 강병국이라고 강조하는 것을 잊지 않았다. 내일 신문에 나올지도 모르니 자신의 이름을 정확히 해 둘 필요가 있다는 의미이리라. 자신도 모험을 했으니 그 보답은 반드시 받아야 한다는 것이다. 이 제보의 진위를 얘기하던 것은 이미 지난 이야기

이고 기왕 조치를 하기로 했으니 그 보상을 받아야겠다는 심산이리라.

설령 그 결과가 아니면 아닐 때 아닐 지라도, 기왕에 투자를 할 것이니 그 대가를 미리 못 박자는 것이 사람 사는 세상의 이치가 되어 버린 것이다. 7분 내에 이것을 어떻게 해결해야 하는가를 걱정하는 것보다는 어쩌면 그것이 더 중요했을 지도 모른다.

다음으로 이제 마지막.

도로공사로 전화를 하려다 문득 최성종은 112로 전화를 하는 것이 나을 수도 있을 것 같아 112를 눌렀다.

"예, 112 경…."

말이 끝나기도 전에,

"여보세요. 저는 중앙신문 최성종 기자입니다."

"그런데요?"

"지금 제가 확보한 믿을 만한 정보에 의하면 북악 터널이 10시 정각에 폭파될 것이라는데…."

"잠깐만요. 그건 제가 접수받기에는 너무 큰 사건입니다. 잠시만 기다려 주십시오."

10여 초 정도나 지났을까? 너무 길게 느껴지는 10여 초 정도가 지나자,

"예, 112 당직…."

이라고 말하는 것을 최성종은 기다릴 수 없었다. 시계 초침 한번 움직이는 것이 자신을 움찔움찔 놀라게 한다고 해도 과언이 아닌 지금

이었다. 한시가 급한 최성종은 상대방의 이야기가 있든 말든 입을 열었다.

"예, 저는 중앙신문의 최성종 기자입니다."

"아, 최 기자님, 저 조 경감입니다."

최성종은 자신이 조 경감이라고 밝히는 사람이 누군지는 모르지만 이미 자신을 알고 있다는 것이 이번 일에 도움이 될 것 같아서,

"아, 예. 반갑습니다. 그런데 제가 아주 믿을 만한 제보를 하나 접수했습니다. 북악 터널에 폭탄이 설치되어 있고, 그것이 10시에 폭발할 것이라는 제보입니다. 이제 겨우 5분여 남았으니 어떻게 제거할 수는 없을 것이고 차량 진입을 막든가…."

"그래요? 이거 최 기자님 말씀이니 안 믿을 수는 없지만 만약 그랬다가 그 제보가 허위 제보든가 하면…."

"조 경감님. 차라리 허위 제보면 얼마나 좋겠습니까? 설령 허위 제보라 하더라도 시민의 안전을 위해 최선을 다하는 경찰의 모습, 특히 이 늦은 시간에 접수된 제보임에도 불구하고 시민 한 사람의 안전을 위해서 최선을 다하는 경찰들과 조 경감님의 모습을 내일 신문에 제가 책임지고 담아, 허위 제보에 속은 경찰이 아니라 비록 허위 제보일지라도 자신들의 피곤한 몸보다는 시민의 안전이 우선이라는 생각으로 일하는 경찰이라고 여론을 몰아가겠습니다. 그러면 문제될 것은 없지 않겠습니까?"

"좋습니다. 그래봐야 4~5분 남았으니 밀려야 얼마나 밀리겠습니까? 퇴근시간도 아니고, 다만 연말 금요일이 좀 문제이기는 하지

만…."

"그리고요, 조 경감님."

"아, 예. 또 뭡니까?"

"사실은 종로 경찰서도 10시에…."

"뭐, 뭐라구요? 최 기자님. 이거 누가 장난으로 전화해서 제보한 것 아닙니까? 도대체 북악 터널입니까? 종로 경찰서입니까?"

"아닙니다. 절대 장난 제보는 아닙니다. 사실은 한 군데가 더 있는데 그곳은 조치가 되었고, 종로 경찰서는 제가 직접 전화를 했는데 믿지를 않아서…."

"직접하셨다구요? 나 원 참, 이거 뭐에 홀린 기분이네. 좌우간 전화 끊으세요. 전화를 끊어야 북악 스카이웨이에 나가 있는 교통경찰에게 지시를 내려 그곳 교통통제도 시키고 종로에도 전화하도록 지시할 것 아닙니까? 이제 겨우 3분 남았는데."

조 경감이라는 사람은 처음에 최성종을 반갑게 맞을 때와는 다르게 약간은 퉁명스런 어조로 전화를 끊자고 했다. 하기는 최성종 자신이 전후 사정도 모르는 채 지금 이런 전화를 받았다면 그것은 아마 조 경감 이상으로 황당한 기분이었을 것이다.

신문사에도 제보 전화가 빈번히 온다.

어떤 것은 아예 말 같지도 않아 무시해 버리는 경우도 있을지 모르지만 대부분의 경우 말 같지 않은데도 제보를 하는 상대방이 너무 확신을 하고 있어서 그것을 듣는 쪽에서 혹시 하는 마음으로 찾아가거나 만나보면, 특히 현장에 나가보면 전혀 다른 일을 제보자가 다른 각도로 해석한 경우가 부지기수이다.

그러나 그나마 보는 시각이 달라서 잘못 제보된 것은 괜찮은 편이다. 사람마다 똑 같은 일이나 사건, 혹은 물건을 보고도 서로 다르게 해석할 수도 있기 때문이다. 그런데 제보된 사건이나 현장을 취재하러 나가보면 아예 제보자 혼자만의 상상으로 혹시 이런 일이 있지 않을까 하는 생각에서 지어낸 일도 있다.

더 황당한 것은 아예 마음먹고 거짓말을 지어내 제보를 하는 경우도 종종 있고, 장난으로 그냥 해보는 전화도 있고, 그야말로 황당 무괴한 사건이 한 둘이 아니다.

신문사만 그럴까? 112 상황실에도 그보다 더 했으면 더 했지 덜 하지는 않을 것이다. 그러니 지금 조 경감 심정은 어떻겠는가? 아무리 신원이 확실한 최성종이라는 중앙지 기자가 제보한 것일지라도 그 제보 내용이 너무 황당하고 큰 일이다 보니 전후 사정도 모르면서 이 일을 진짜로 받아들이기가 쉽지는 않았을 것이다.

이런 생각을 하며 시계를 다시 보았다. 2분 몇 십 초.

'하느님. 제발 이 재난이 멈출 수 있게 해 주십시오.'

최성종은 마음속으로 기도를 드리며 제발 통제가 되기를 애타게 바라면서 입고 있던 청바지에 가죽점퍼를 걸치면서 차 키를 집어 들었다.

"나가시게요?"

아내가 얼굴에 근심 이상의 공포와 걱정이 드리우며 물었다.

"나가 봐야지. 참, 우리 애들은 성탄 축하 공연 연습하러 갔다고 했지? 어차피 이런 일이 있다는 제보를 받았으니 나가는 보는데…."

당황한 까닭에 어떤 행동을 취하고 어떤 말을 해야 옳을지 몰라 하며 최성종이 긴 호흡을 하더니 아내를 보며,

"여보, 정말 무슨 날인가가 오기는 오려나 보구려. 그런데 그것이 류영수가 말한 뜻을 펴는 날이 오는 것인지, 안 선배님이 말씀하신 길을 열어준 꼴이 되어 오는 것인지 도무지 내 자신도 모르겠어."

최성종은 류영수와 안명수 이야기를 아내에게 했기 때문에 그 이야기들이 그녀의 가슴속에 담겨져 있었다. 그런데 오늘 최성종이 전화를 받고, 또 행동하는 모습을 보면서 아내 역시 무엇인가 올 것이 오고 있다는 것을 감지하기 시작했는데 그것이 테러라는 모습으로 다가 온다고 하니 불안을 넘어 공포마저 느끼는 분위기로 빠져들어 가고 있었던 것이다.

"너무 걱정은 말고 있어. 내 생각이지만, 아니 바람인지도 모르지만 큰 일은 없을 것 같으니까. 내가 전화해 줄게."

최성종은 자신도 불안했지만 아내를 진정시키려는 한마디를 남기고는 대문을 나섰다.

27

    지하 주차장으로 급히 내려와 시동을 걸었다. 그리고 막 단지를 빠져 나오는데 라디오에서 10시 시보가 울렸다. 최성종은 일단 회사로 가야겠다고 생각하고 길모퉁이를 막 회전하려는 순간.

    라디오에서 뉴스를 진행하던 아나운서가 잠시 머뭇거리는 듯 하더니,

    "방금 들어온 긴급 뉴스입니다. 오늘 밤 10시. 그러니까 2분 전인 오늘 밤 10시. 서울 지하철 압구정역과 북악 터널, 그리고 종로 경찰서 이렇게 세 군데에서 동시에 폭탄으로 보이는 폭발 사건이 일어났습니다. 자세한 원인이나 사상자 등에 대해서는 아직 들어온 소식은 없습니다만, 오늘 밤 10시 서울 지하철…"

    최성종은 숨이 가슴에서 턱 소리를 내며 멈추는 것 같았다. 차를 길가에 세웠다. 갑자기 정신이 멍해지고 숨이 가빠지는 것 같아서

운전을 할 수가 없었다.

"이어지는 자세한 소식은 정규방송 중이라도 속보가 들어오는 대로 전해 드리겠습니다."

아나운서의 목소리도 귀에 들어오지 않았다. '정신을 차리자. 그리고 빨리 회사로 가자.' 회사에 가서 무언가 풀어야 할 것 같았다. 그러나 그것은 마음뿐이었고 머리는 멍하고 가슴은 숨이 목젖 근처까지 차오르듯 답답하고 다리에는 힘이 빠져 운전은커녕 일어설 수도 없었다.

운전도 할 수 없고 걸을 수도 없는 최성종의 몸과는 다르게 머릿속에는 아주 생생하게 '뜻을 펴는 날'이라고 말하던 류영수가 생각났다. 뜻을 펴는 날이 분명 나쁜 의미는 아니었다는 것을 육감으로 느꼈는데 오늘 자신 앞에 벌어지는 상황은 무엇인가? 그렇다면 류영수가 추진하던 남북 화해무드는 물 건너가고 북에서도 다시 강경론자들이 득세하여 류영수가 실각을 하고 축출당하든가 어찌 되었다는 말인가?

아까 전화를 해 온 사내도 류영수와의 의리를 지키기 위해 전화를 한 것이라고 하지 않았던가? 그렇다면 이런 강경노선이 득세하며 류영수가 마지막으로 한 부탁이라는 말인가? 그렇다면 류영수는 어찌 된다는 말인가? 또 도라산역은 어찌 되는 것이며 자신은 어찌 해야 하는가?

최성종은 생각이 여기에 미치자 더 이상은 앉아 있을 수가 없었다. 도대체 이게 무슨 날벼락인가? 어서 회사로 가 보아야 할 것 같았다. 최성종은 죽을 힘을 다해 정신을 차리고 마음을 가다듬었다. 최성종은 시동을 끈 후 차에서 내렸다. 마침 오는 빈 택시를 타고 중앙신문 사옥으로 가자고 하고는 전화기를 꺼내 손에 들고 만지작거렸다. 누구에게 전화라도 해야 할 것 같았다. 아니 누군가로부터 무슨 전화라도 걸려 와야 할 것 같았다. 그러나 그것이 누구라고 꼭집어 말 할 수는 없었다.

다만 도저히 불안함을 감출 수 없듯이 연신 휴대폰의 액정을 들여다보며 만지작거리기를 반복할 뿐이었다.

그때였다. 벨이 울렸다.

"최 기자님. 저, 112 조 경감입니다. 이거 너무 황당한 일이기는 하지만 어쨌든 세 군데 모두 폭발이 일어났습니다. 도대체 제보자가 누구인지 알려 주십시오. 그 사람을 알아야 범인 추적에 도움이 됩니다."

조 경감이 몹시 당황하고 있음을 목소리로 알 수 있었지만 최성종도 어떻게 이야기를 해야 하는지 알 수 없었다.

"최 기자님, 시간이 없습니다."

최성종은 어떻게 이야기해야 좋은지도 몰랐지만 더 궁금한 것은 피해 상황이었다.

"글쎄요···. 저도 어떤 이야기를 어떻게 해야 되는지 모르겠지만 더 궁금한 것은 피해 상황인데요? 피해는 컸나요?"

"피해요? 다행히 큰 피해는 아닌 것 같습니다. 압구정역은 통제가 잘 이루어져서 인명 피해는 없는 것 같고, 북악 터널도 사전 진입 통

제가 잘 돼서 그렇고, 종로 경찰서도 민원실 쪽이라 당직자 두 명만
있어서 큰 피해는 없는 것으로 알고 있지만 종로서 애들이야 지들이
안 믿은 거니 그렇다 치고, 제보자 얘기 좀 해 주십시오. 지금 어딥
니까? 제가 그리로 갈까요?"

"지금이요? 택시 안입니다. 도저히 차를 운전할 자신이 없어서 택
시를 타고 회사로 가고 있습니다."

"회사요? 중앙신문이요?"

"예. 아무래도 그래야 뭐가 될 것 같아서…."

"신문 기사 쓰시려고요? 그것보다는 범인이 우선 아닐까요? 테러
는 범인을 그 자리에서 못 잡으면 아주 힘들어지는 것으로 알고 있
습니다. 도대체 그 제보자가 누구인지 만이라도 알려 주십시오."

순간 최성종의 머릿속에 클로즈업 되는 얼굴이 있었다.

류영수.

그래 류영수라고 했다. 그렇다면….

최성종은 이제까지의 불안감이 순간에 걷히며 류영수가 '뜻을 펼
날'이라고 하던 그 날이 다가오고 있다는 생각과 함께 앞이 환해지
는 느낌이었다.

"조 경감님, 정확하지는 않지만 집히는 것이 있기는 합니다. 저를
믿고 제 말을 들어 주실 수 있습니까?"

"아, 그럼요. 지금 이 상황에서 이 큰 사건을 예방해 주신 최 기자
님을 못 믿으면 누구를 믿어요?"

"그럼 제 말씀대로 해 주세요. 지금 '코리호텔' 로 사복 형사대 좀 보내주세요. 너무 요란하지 않게요. 티가 안 날수록 좋습니다."

"코리호텔? 거기는 북에서 온 사람들이 묵는 곳 아닙니까?"

"예. 알아요. 그러니까 코리호텔로 사복 병력을 최대한 빨리 보내서 오늘 북에서 내려 온 사람들이 모두 있는지, 혹시 이탈자는 없는지 확인 좀 해 주세요."

"그럼 이번 일이 북쪽 새끼들 짓이란 말입니까?"

"아직 확실한 것은 알 수 없지만 집히는 것이 있어서 그래요. 저한테 제보를 해 준 제보자의 억양도 북쪽 억양이 강했습니다. 그러니 요란하지 않게 사복 병력을 배치해서 관리상의 일인 것처럼…. 저도 지금 회사로 갈 것이 아니라 코리호텔로 가겠습니다. 경감님도 그리로 오시겠습니까?"

"내가 가는 거야 별 것 아니지만 만약 이거 잘못 되는 날에는 큰 일인데…."

"그리고 이 휴대폰 번호 신원 확인 부탁합니다."

최성종은 자신이 장석호로부터 전화를 받았던 번호를 알려 주었다.

"이건 왜요?"

"이 번호가 저한테 제보 전화를 해 준 번호입니다. 물론 범인 휴대폰은 아니겠지만 혹시 하는 마음에서요."

"이거야 어렵지 않겠지만 사복 병력이 코리호텔에 투입되었다 잘못 되는 날에는 정말 심각한데…. 하여튼 일단은 알았습니다. 범인

이야 여러 각도로 추적을 해야 하는 것이고 설령 아니면 그때 어찌 해보죠 뭐. 일단은 이 큰 위기를 넘길 수 있게 제보해 주신 최 기자님의 의견을 따르도록 하죠. 어차피 도박판이 커야 돈을 잃든 따든 목돈을 만지는 것 아닙니까? 전화 끊고 코리호텔에서 뵙죠."

전화를 끊고 최성종은 시계를 보았다.

10시 10분.

조 경감 말대로 이건 도박이다. 만약 그들이 시한폭탄을 설치했다면 설치 후 모두 돌아오기에 충분한 시간이다. 아니 어쩌면 그들이 직접 나가지 않을 수도 있다. 최악의 경우 그들과는 전혀 관계가 없는 다른 단체나 다른 나라 테러집단의 소행일 수도 있는 것이다.

그럴 경우 사복 경찰을 투입한 것이 북쪽과의 문제를 야기 시킬 수도 있다. 그것도 심각한 마찰을…. 그러나 최성종은 코리호텔과 함께 자꾸만 류영수의 얼굴이 어른거려 그 직감을 떨쳐 버릴 수가 없었다.

– 2권에 계속 –